쉿, 기억은 여기 없어요

작가의 말

지울 수 없는 기억을 지우려고 애써 봅니다.

이 문장들은 지난 시간의 강가에서 조심스레 건져 올린 작은 조각들입니다. 기억은 늘 손바닥 위에 맺힌 이슬처럼, 잡으려 하면 부서지고 놓으면 사라지지요.

저는 그 미세한 잔물결 사이로 스며드는 오래된 냄새와 희미해진 목소리들을 다정한 손길로 길어 올렸습니다. 어떤 기억은 뜨겁게 타올라 곧 사그라져야 했고, 또 어떤 기억은 얼음처럼 차가웠지만, 꿋꿋이 품어야만 했습니다.

이 소설집에 실은 소설들은 그 뜨거움과 차가움, 서로 다른 온도가 교차하는 시간의 기록입니다.

인물들은 때로는 철없이 길을 잃기도 하고, 때로는 잃었던 길을 다시 찾아가기도 하며, 가끔은 전혀 다른 이름 아래 새로운 삶을 이어갑니다.

책장을 넘기다 잠시 멈춰, 조용히 속삭이듯 "어쩌면 이 이야기는 나의 이야기일지도 모르겠다"라고 느껴주신다면, 그것으로 저는 충분합니다.

여기 담긴 어떤 페이지는 아마 지금은 존재하지 않을지도 모릅니다. 그러나 제가 걸어온 시간의 무늬, 그 잔잔한 결은 분명, 이 안에 살아 숨 쉬고 있을 겁니다.

그 이야기가 독자님의 가슴 깊은 곳에 고요히 스며들어, 잊히지 않는 작은 기억 하나로 남기를 진심으로 바랍니다. 그래서 모두가 저마다의 시간 속에서, 서로 가닿지 못했던 기억의 언어를 따뜻하게 마주할 수 있기를.

2025년 8월 어느 늦은 오후
김 혜 원

차 례

작가의 말 / 3

1. 비망록을 쓰는 여자 / 7

2. 주홍 길리아 / 33

3. 사칼린민들레 / 62

4. 쉿, 기억은 여기 없어요 / 91

작품 해설 _ 상처받은 기억의 풍경과 다각적 해석 / 211

비망록 쓰는 여자

 터너가 사무소로 들어섰다. 어깨를 잔뜩 움츠린 그녀는 마치 바람에 휩쓸려 들어온 가시덤불 같았다. 나는 얼른 시계를 확인했다. 오후 네 시였다.
 터너는 실내를 한 바퀴 천천히 훑고는 힘없이 대기 의자에 앉았다. 순번 대기표 한 장 뽑지 않고, 그저 무기력하게. 옆자리에 앉아 있던 사람이 그녀를 힐끗 쳐다본 뒤 슬며시 자리를 옮겼다. 터너는 비치된 잡지를 무릎 위에 펼쳐 뒤적이다가, 문득 내 쪽을 바라보았다. 우리의 눈이 마주쳤다. 그녀는 급히 고개를 숙였지만, 곧 다시 슬그머니 나를 훔쳐보는 듯했다. 나는 몹시 기분이 언짢았다.
 '저 여자는 왜 날마다 오는 거지? 무엇 때문에 자꾸 나를 쳐다보는 거야, 불쾌하게.'

 터너가 매일 같은 시간에 이곳에 와 앉았다 가는 존재임을 알게 된 건 보름 전쯤이었다. 어쩌면 그전부터였을지도 몰랐다. 퇴근 시간이 다가오면 나는 기지개를 켜며 주위를 둘러보았고, 어느새 그녀는 흔적도 없이 사라지고 없었다.

나는 터져 나올 듯한 기침을 애써 참으며 깊이 숨을 들이마셨다. 코끝에 모래 냄새가 짙게 맴돌았다. 통유리 밖 거리를 바라보았다. 황사 바람은 여전히 세차게 휘몰아치고 있었다. 황톳빛 안개가 천천히 땅 위로 내려앉는 듯, 모든 것이 무겁고, 축축한 느낌이었다.

다시 망자의 이름을 컴퓨터 자판 위에 조심스레 입력했다.

ㅇㅇㅇ는 ㅇㅇㅇㅇ년 영월 영일에 태어나 ….

이렇게 '비망록'은 시작되었다.

"저, 여보세요. 미안하지만 이걸 나중에 접수해 주시면 … 제 고양이 거예요."

혀끝이 말리는 듯한 앵앵거리는 목소리가 들렸다. 탁. ㄱ이 ㅅ으로 쳐졌다. 나는 짜증이 올라와 고개를 쳐들었다. 키가 작은 터너가 턱걸이하듯 접수대에 머리를 받치고 서 있었다. 나는 얼른 '휴식'이라는 팻말을 접수대에 올려놓고 휴게실로 갔다. 직원들은 오전과 오후에 각각 이십 분씩 휴식 시간을 가질 수 있었다.

지난번 애완견 엄마들이 몰려왔을 때도 나는 어이가 없어 대꾸조차 하기 싫었다. 그들은 애완동물 무덤을 없애는 대신,

동물의 비망록과 사진을 붙여 진열할 추모관을 지어 달라며 눈물까지 보였다. 나는 커피를 마시며 시간을 채우고, 다시 자리로 돌아왔다. 터너가 접수대 앞에 그대로 서 있었다. 나는 터너를 무시한 채 빠르게 자판을 두드리기 시작했다. 터너가 힘없이 돌아섰다. 나는 한숨을 내쉬며 터너의 뒷모습을 바라보았다.

터너를 처음 만난 건 묘지 정책 사무소에서 정식으로 비망록 접수가 시작된 직후였다. 터너가 부친의 비망록을 들고 나타났을 때, 나는 내심 놀라지 않을 수 없었다. 키가 작은 것은 차치하더라도, 그녀의 얼굴은 유난히 창백하여 마치 백반증을 앓는 사람처럼 보였다. 머리숱이 없어 이마가 훤히 드러났고, 콧대는 밋밋하며, 쌍꺼풀이 희미한 큰 눈동자에는 물기가 가득했다. 특히 손가락들은 마치 벌어진 거미 다리처럼 가느다랗고 제멋대로 허우적거려, 한눈에 봐도 불안정한 느낌을 자아냈다.

터너가 비망록을 내미는 순간, 나는 징그러운 나머지 더러운 물건을 집듯 손끝으로 살짝 받아들었다. 그리고 얼마 전에는 자신의 비망록을 들고 와 미리 접수해 달라고 떼를 쓰다시피 했다. 나는 한마디로 잘라 터너를 돌려보냈다. 별 미친 여자 다 보네. 비망록이야 죽으면 어련히 남이 써 줄 텐데. 지겹다. 나는 터너가 두고 간 종이를 아무렇게나 던져 놓았다.

수년째 계절 없이 불어온 바람은 황사로 온 나라를 덮어버렸다. '가랑비에 옷 젖는다'는 옛말처럼 바람은 조금씩 황사를 대지에 뿌렸고, 그것은 어느덧 모래톱을 연상시켰다. 거리는 온통 누렇게 변했고, 거리의 사람들마저 누런 베옷을 입고 상여를 따르는 유족처럼 보였다. 학교에 휴교령이 내려지는 일은 다반사였다. 특히 천식 환자에게 황사는 독약과도 같아, 천식과 폐 질환 환자의 사망이 급증했다.

겨울에는 혹독한 추위가 몰아쳤고, 여름이면 지독한 폭염이 땅을 달구었다. 그 사이사이로 가뭄이 길게 이어졌다. 과일과 채소가 자란다 해도, 황사 속 분진과 초미세먼지에 숨어있는 알 수 없는 독이 사람들을 서서히, 아주 서서히 중독시켰다. 그 독의 정체를 밝히기 위해 과학기술처는 밤낮없이 실험과 연구에 매달렸다. 모든 먹거리와 농·축·수산물은 이제 수입에 의존해야 했고, 자동차의 엔진마저 조금씩 부식되어 갔다. 교통사고는 예전보다 스무 배 이상 늘어났고, 사람들은 될 수 있으면 집 안에 머물며 컴퓨터로 생활에 필요한 모든 일을 처리했다.

어느 날엔, 나라의 모든 묘지를 없앤다는 법령이 발표되었다. 묘지를 갈아엎고 그 자리에 거대한 온실을 세워 특수작물을 재배하겠다는 것이었다. 이상하게도 묘지였던 땅은 흙의 성분이 고스란히 살아 있었다. 이미 일부 묘지에서 시험 재배를 해 본 터였다. 그러나 모든 식물의 씨앗은 일 년생이었다.

씨를 받아 심어도 싹이 나지 않았다. 세계 굴지의 씨앗 회사인 몬산토사가 모든 씨앗의 판권을 점령한 지 오래였고, 그곳에서 유전자 변형 농산물의 씨앗을 판매해 온 것도 이미 오래전 일이었다. 각국은 그 씨앗이라도 사려고 줄을 섰다.

국민의 절반 이상이 반대 시위를 벌였다. 연일 국회의사당 앞에는 굴건제복 차림의 사람들이 늘어서 곡을 했다. 조상과 무덤을 버릴 수 없다는 이유에서였다. 어떤 사람들은 무덤 앞에 천막을 치고 봉분을 지켰다. 끝까지 물러서지 않으면 나라에서 돈을 준다는 유언비어마저 나돌았다. 그러나 날이 갈수록 시위는 점점 시들해졌다. 먹고사는 문제가 급선무였기 때문이다.

정부는 묘지 대신 망자의 '비망록'을 추모관에 보관하는 것은 허락했다. 망자의 직계가족이나, 직계가족이 없는 경우 사촌 이내의 친척이 작성해 제출하면 추모관에 보관해 주었다. 추모관이라야 작은 건물 안에 슈퍼컴퓨터 한 대를 놓아둔 것이 전부였다. 기리고자 하는 이의 이름을 컴퓨터에 입력하면 망자의 비망록이 화면에 뜨게 되어 있었다.

산 자들은 죽은 자를 향해 '죽어도 잊지 않겠다'는 비장한 기록을 남겼다. 죽은 자는 산 자의 기억 속에 기생하듯 스며들어 온갖 추억을 되살려냈다. 그러나 정작 비망록은 죽은 자를 위한 것이 아니라, 산 자 자신을 위한 것이었다. 그들은 그렇게 위안 삼았고, 도리를 다했다는 마음을 간직했다. 이윽고 비망록을 대신 써 주고 대가를 받는 대행업소들이 곳곳에 생겨났다. 정부는 묘지를 순순히 내어주는 국민의 심정을 헤아리며, 이들 비망록 대행업소를 묵인했다. 나는 그즈음 공무원 시험에 합격했고, 이 사무소로 발령을 받았다.

퇴근 전, 화장실에서 손을 씻으며 거울을 보았다. 눈이 퀭했다. 피부마저 메말라 버석거리는 느낌이었다. 휴대전화를 열어 습관적으로 그의 번호를 눌렀다. 역시 결번이라는 안내 음성이 흘러나왔다.

그는 지금 어디에 있는 것일까. 사무소 문을 밀고 나오자, 눈을 뜰 수 없을 정도로 황사 바람이 거세게 휘몰아쳤다. 나는 마스크를 귀에 걸고 프렌치코트 자락을 단단히 여몄다. 천천히 보도로 내려서 걷기 시작했다. 그때 누군가 부르는 소리가 들려 뒤를 돌아보았다. 터너가 몸을 떨며 내게 다가오고 있었다. 그녀의 손에 들린 흰 종이만 바람에 찢어질 듯 펄럭였다.

"고양인 동물이야. 사람만 받기에도 머리가 돌 지경이라고!"

나는 터너를 떼어내려는 듯 반말로 툭 내뱉었다.

"저의 비망록을 읽지도 않았죠? 얼마 남지 않았다고요. 그리고 … 미미는 내 친구라고요."

터너의 말대로, 나는 읽지 않았다. 내가 왜 그걸 읽어야 하는가. 다만 비망록에 첨부된 의사의 진단서를 한 번 훑어본 기억은 있었다.

'터너 증후군 장애 2급.'

낯선 병명이었다. 그녀가 날마다 사무소에 들락거리는 동안, 나는 줄곧 그녀를 '터너'로만 기억했고, 비망록이 어디에 있는지조차 생각하지 않았다. 지난번에도 어떤 여자가 이십 년간 키우던 동백나무가 죽었다며 나무의 비망록을 가져온 적이 있었다.

"제발 등록해 주세요. 남편이 결혼기념일 첫해에 선물한 거라고요. 그런데 점점 말라가더니 죽었지 뭐예요. 이 사진 좀 봐요. 얼마나 예쁜지. 이건 나무가 아니라 제 자식, 아니 그 이상이에요."

그러면서 접수대를 장악하고 물러나지 않던 여자도 있었다.

사람들은 이상했다. 나무가 죽었다고 울지 않나. 세상에는 한심한 작자들이 너무 많았다. 왜 죽은 것들에 그토록 집착하는 걸까. 세상이 온통 미쳐 가는 것 같았다.

어이가 없어 나는 그녀를 빤히 쳐다보았다. 터너의 눈에서 눈물이 방울져 흘러내렸다. 그 눈물방울이 황사 바람에 날아가 버릴 것만 같았다. 내가 가장 싫어하는 것은 눈물이었다.

중학교 때, 초등학생이던 남동생이 교통사고로 그 자리에서 죽었다. 그때부터 어머니는 누워서 울고, 앉아서 울었다. 어느 땐 소변을 보면서도 울었다. 종일 들려오는 어머니의 울음소리는 정말이지 끔찍했다. 나는 어떻게든 어머니의 울음을 그치게 하려고 다가가 손을 잡았다.

"엄마, 제발 그만 울어, 응? 내가 있잖아."

그러자 어머니는 손을 홱 뿌리치며 소리쳤다.

"너 따윈 필요 없어. 아이고, 내 새끼 …."

그 순간, 가슴 한가운데로 면도칼이 지나가는 듯한 통증이 밀려왔다. 그리고 한 방울씩 가슴에서 피가 떨어지기 시작했다.

"이봐요, 나 당신 아니어도 지겨운 사람이거든."

나는 몸을 돌려 빠르게 걸었다. 기침이 다시 터져 나왔다.

수많은 묘지를 헐어 처리하는 데는 시간이 오래 걸렸다. 유족들은 유골을 소각하고, 소각 확인서를 제출한 뒤 먼바다의 무인도로 골분을 실어 갔다. 사람들은 그 무인도를 '죽음의 섬'이라 불렀다. 하지만 아직 해결되지 않은 문제가 하나 있었다. 반려동물들의 무덤이었다. 정부는 그것들을 쓰레기로 소각 처리하라는 공고를 냈다. 그러자 애완동물 묘지의 주인들이 벌 떼처럼 일어나 데모를 하기도 했다.

나는 소각 확인서를 훑어보다가 내심 놀랐다. 국립묘지, 비싼 값에 팔려나갔던 개인묘지, 개인 납골당 … 이런 파일명으로 묶여 있었다. 죽음마저도 부와 명예, 권력에 따라 가차 없이 갈라지는 듯했다.

나는 먼저 무덤의 연고자 유무를 확인해, 무연고자 무덤부터 처리했다. '위의 무덤은 ○○에서 발견됨.' 지명의 코드를 써넣고 '무연고자'라고 새겨진 푸른 도장을 찍었다. 그리고 나라에서 정한 비망록의 형식을 입력했다. 다음은 연고자가 있으나 찾을 수 없는 무덤이었다. 묘지 관리소의 기록을 확인해보았지만, 몇 년 동안 연고자가 찾지 않은 무덤들이었다. 연고자 등록 기간을 충분히 주었는데도 그들은 비망록조차 접수하지 않았다. 결국 이것도 무연고자 무덤으로 처리할 수밖에 없었다.

문득 어느 지점에 머물러 한없이 마침표를 누르고 있었다. 탁, 탁, 탁 … 자판을 두드리는 일정한 소리가 길게 이어졌다. 말없음표, 아니, 그건 한없이 찍어내는 마침표였다. 아무런 욕망도 없이, 죽음이 마침표로 화면 위를 떠다녔다. 나는 그 화면을 뚫어지게 바라보았다.

대체 그에게 무슨 일이 일어난 걸까. 그를 만났을 때, 가슴 속에서는 널뛰는 박동 소리가 계속 울렸다. 얼굴이 붉어졌던가. 그의 얼굴을 마주 볼 수 없었다. 공연히 부끄럽고, 발걸음이 휘청거려 굽 높은 구두를 신고 나온 것을 후회했다. 두 손을 어디에 둘지 몰라 치마 옆자락을 자꾸만 쓰다듬었다. 그러자 그가 얼른 내 손을 잡아채어 자신의 코트 주머니에 넣고 걷기 시작했다. 나는 비로소 뛰던 가슴이 진정되는 것을 느꼈다. 아마 이런 것이 사랑이려니 했다.

그의 방송 시간이면 나는 아무것도 하지 않고 라디오 앞에 매달려 있었다. 그의 목소리만 들어도 어쩔 줄 몰라 몸을 꼬아댔다. 그러나 전파를 타고 들려오는 그의 목소리를 들으면 들을수록, 나는 외로움의 임계점을 향해 달려가고 있었다. 볼 수도, 만질 수도 없는 목소리. 외로움은 먹물처럼 스며들어 어느새 내 존재를 까맣게 지워가고 있었다.

나는 삭제 키를 눌러 마침표를 지웠다.
"영인 씨, 지금 들어온 거야. 처리해요."
대리가 책상에 서류철을 내려놓았다. 나는 휙, 고개를 돌렸다.
"지금 바빠요. 김 대리가 하지 그래요?"
"나 지금부터 휴식 시간이라고."
그가 짜증스럽게 말하며 돌아섰다. 재수 없는 자식. 어디다 대고 반말이야. 나는 소리 나게 서류철을 집었다. 사망신고서에는 교통사고 사망이라는 붉은 도장이 찍혀 있었다. 붉은빛을 보자 왠지 가슴이 서늘해졌다. 나는 수많은 비망록을 입력하면서도 죽음에 대해 생각해 본 적이 없었다. 그저 담담히 죽음을 기록하는 워드 프로세서일 뿐이었다. 도장으로 마감된 생, 붉은 빛을 띠고 배달된 죽음을 컴퓨터에 입력하기 시작했다.

… 당신은 저와 아이들을 많이 사랑했지요. 마른빨래를 걷어 와 함께 개키던 날 기억나요? 내 옷을 개켜 접던 당신의 손길은 마치 나를 만지는 듯했어요. … 여보, 우린 당신과 늘 함께 있을 거예요. …

여자는 행복해 보였다. 나는 여자를 조금 질투했다.

다시 '연고자를 찾을 수 없는 무덤' 게시판으로 돌아갔다. 망자들은 기계 속에 몇몇의 문자로 매장되어 갔다.

그는 정말 나를 잊은 것일까? 그와 나의 사랑의 행위, 모든 몸짓과 말, 말로 표현할 수 없는 벅찬 감정. 그 모든 것이 사라지고 없었다. 우스웠다. 비겁한 자식. 나는 어느새 이런 말을 쓰고 있었다. 삭제 키를 눌렀다. 글자들이 하나씩 지워졌다. 컴퓨터의 화면은 흰 공백을 드러내며 입을 크게 벌렸고, 그 가운데서 커서가 깜박였다. 깜박대는 커서가 내게 무엇인가 묻는 것 같았다. 콧속에서 진한 모래 냄새가 올라왔다. 존재를 지우고도 남을 황폐의 냄새. 나는 점점 그에 대한 증오로 여위어 갔다. 마치 거대한 무덤 속에 갇혀 주검의 지시를 받는 시종이 된 듯했다.

책상 서랍을 열어 기침약을 찾았다. 백일해처럼 끈질긴 기침 때문에 뱃가죽이 당겼다. 막 서랍을 닫으려는데, 바닥에 놓인 종이 귀퉁이가 보였다. 무심히 그것을 집어 올렸다. 터너가 두고 간 비망록이었다. 의사의 진단서가 여러 장 첨부돼 있었다. 나는 서류를 넘겼다.

터너 증후군(헨리 터너라는 의사가 이 병을 발견)은 성염색체 이상으로 모자이크형 염색체를 갖고 있다. 성장장애, 왜소증, 성적 발달장애를 일으켜 여성호르몬이 분비되지 않고 급속히 늙는다. 터너 증후군의 특징적인 신체적 소견은 목이 짧고 뒷머리가 아래까지 내려와 있고, 턱이 작으며 입천장이 울퉁불퉁한 듯 발음이 부정확하다. 유전 질환으로 '성선 형성 부전증'이라고 부른다.

'… 특수학교에 들어가 공부를 했습니다. 시인이 되는 것이 나의 꿈입니다. 아니, 나는 이미 시인입니다. 고양이와 단둘이 외롭게 삽니다. 스물여섯 해 동안 아프고 슬픈 일이 많았어도, 나는 이 세상에 태어난 걸 스스로 환영해 주었습니다. 모든 살아 있는 것들을 보면 곧 명랑해지기 때문입니다. 이제 내 생의 서문(序文)을 마쳤고, 본문은 다음 생에 쓰겠습니다. 그곳에서 아주 크고 환한 메시지를.…'

거기까지 읽고는 종이를 구겨 쥐었다. 완전히 신파잖아. 터너, 아니 이은아. 차라리 아프다고 엄살이라도 피우란 말이야,

잘난 척은. 그러나 이상하게도 그녀의 글을 읽는 동안 굳어 있던 가슴 한쪽이 눅눅해지는 것을 느꼈다. 터너는 나와 동갑이었다. 대체 이 여자가 보는 세상엔 무엇이 있지? 있기나 한 걸까? 서문이라니. 터너는 홀로, 보무도 당당히 황사 바람을 거슬러 가려는 것처럼 보였다.

그의 얼굴을 떠올렸다. 적어도 이별을 준비할 시간은 줬어야지. 사랑의 서문도 쓰기 전에 사라지다니. 나는 비웃던 터너의 말을 빌렸다.

종일 사무소에 사람들이 들끓었다. 경비원이 대기자들을 달팽이처럼 말아 세웠다. 얼마 전, 아파트 한 동이 붕괴했다. 뉴스에서는 붕괴 원인을 조사 중이라고 보도했다. 기자는 목격자들을 인터뷰했다. 대부분 목격자는 인터뷰를 꺼렸다. 몰라요, 내가 왜 그걸 얘기해야 합니까? 핏대를 세우며 돌아섰다. 인심은 극도로 삭막했다. 사무소의 어떤 직원이 혀를 차며 말했다.

"보나 마나 부실공사겠지!"

그러다 최종적인 결론을 내렸다. 원인은 자연스럽게 황사로 귀결되었다. 사상자가 많았다.

유족들은 우울한 눈빛으로 비망록을 접수대에 올려놓고 자리를 떴다. 다음 차례에 서 있던 네 사람이 다투고 있었다. 형제들인 모양이었다. 네 형제가 제각각 부모의 비망록을 들고

와 자신이 쓴 것을 접수하겠다고 싸우고 있었다. 나는 비웃음을 삼키며 쌀쌀맞게 말했다.

"저 뒤로 가서 의논해 한 사람 걸 가져오세요. 다음 분."

그들은 저마다 큰소리로 떠들며 뒤로 몰려갔다. 시간이 빠르게 지나갔다. 나는 여전히 기침했고, 시간 맞춰 약을 먹었고, 지루하도록 비망록을 컴퓨터로 옮겼다. 사람들은 비망록을 쓰려고 사는 것 같았다. 나는 피곤한 눈을 비비며 책상 위에 남은 비망록을 집어 들었다. 비망록이 아니고, 유서였다.

접수자는 아들이 분명했다. 유서의 내용은 거창하고 공허한 단어들로 꽉 차 있었다. 뭔가 가슴속에서 울컥 올라왔다. 자살한 쉰아홉의 남자. 차라리 터너가 낫지. 나는 어느덧 그렇게 중얼대었다. 서류를 무심한 듯 툭, 집어 던지고 의자에 몸을 기댔다.

순간, 나는 놀라 앞으로 몸을 숙이며 기침을 했다. 접수대에 터너의 얼굴이 얹혀 있었다. 터너의 모습은 말이 아니었다. 통통하던 볼은 노인처럼 늘어졌고, 가쁜 숨을 내쉬고 있었다.

정말 죽어가고 있군. 터너가 내 중얼거림을 들었을까? 그녀에게 속마음을 들킨 기분이었다. 일하다 말다, 나는 문득문득 그녀를 생각하는 시간이 많아진 건 사실이었다.

"제 비망록을 잠깐 돌려주세요."

나는 말없이 책상 서랍을 열어 구겨진 비망록을 내밀었다.

터너는 구겨진 종이를 받아들며 얼굴이 종이처럼 구겨졌다. 그녀는 곧 표정을 바꾸고 그것을 읽었다. 나는 그녀와 마주한 상황이 어쩐지 싫었다. 말이 곱게 나가지 않았다.

"앞을 가로막고 있으면 어떡해요? 저쪽으로 가서 읽든지 말든지 하세요."

그녀는 알아듣지 못했다는 듯 꼼짝하지 않고 서서 중얼거렸다. 손잡이가 없는 문 앞에 서서, 영원히 열리지 않을 것을 알면서도 끝없이 노크하는 것처럼. 중얼거림 속에서 몇 마디가 튀어나와 내 귀에 꽂혔다.

'생 … 사랑합니다 …'

낯설기만 했다. 그런 말들이 세상에 존재하기나 할까. 그것들은 황사 바람 속으로 아스라이 사라져 간 지 오래되지 않았던가. 나는 그녀를 슬쩍 쳐다보았다. 쯧쯧. 속으로 혀를 찼다. 혀 차는 소리를 들은 듯 터너가 고개를 들고 나를 보았다. 물기 어린 동공이 커지는 것 같았다.

아니, 이 여잔 왜 자꾸만 나타나 귀찮게 하는 거야? 나는 공연히 화가 나 책상 서랍을 열었다가 세게 닫아버렸다.

"당신은 날마다 죽은 자들만 상대하니 마음도 죽었군요."

나를 바라보는 터너의 눈빛엔 어떤 원망과 함께 절박함이 서려 있었다. 그녀가 획 돌아섰다. 나는 당돌한 그녀의 발언에 의자에서 벌떡 일어나 소리를 질렀다.

"왜 그렇게 시건방진 거야? 네가 뭘 알아?"

순간, 그녀의 모습이 눈앞에서 사라졌다. 나는 접수대를 잡고 상체를 숙여 터너를 찾았다. 그녀가 바닥에 쓰러져 있었다. 마치 내가 쏘아붙인 소리에 쓰러진 듯했다. 나는 접수대에서 달려 나가 그녀를 흔들어 깨우며 경비원에게 물을 가져오라고 소리쳤다. 사무소의 사람들이 모두 나를 쳐다보았다. 나도 모르게 그렇게 행동한 자신이 우스워져 머쓱해졌다.

잠시 후, 정신이 든 그녀가 말했다.

"미안해요. 버스 정류장까지만 …."

나는 그녀를 일으켜 세웠다. 그러나 그녀는 힘없이 다시 주저앉고 말았다. 과장이 뒤에서 구급대를 부르라고 말했다. 나는 과장을 돌아보고 그녀를 내려다보았다. 그녀가 힘없이 고개를 저었다. 왠지 그녀를 혼자 보낼 수 없다는 생각이 들어, 나는 그녀를 부축해 출입문으로 갔다. 뒤에서 과장이 뭐라고 소리를 질렀다.

그녀는 택시에 타자마자 시트에 기대어 눈을 감았다. 집에 도착하자 그녀가 나를 잡았다. 얼떨결에 따라 들어간 그녀의 방은 어둡고 음습했다. 통풍이 되지 않아 황사 냄새가 진동했다. 방 한쪽으로는 미니 장롱과 작은 책상이 놓여 있었고, 낡은 시집과 책들이 바닥부터 높이 쌓여 있었다. 어디선가 고양이가 나타나 그녀에게 안겼다.

"영인 씨, 미미예요."

그녀가 고양이를 안아 내게 주었다. 나는 뒤로 물러서며 얼굴을 찡그렸다.

"어떻게 내 이름을 알아요?"

"가슴에 명찰이 있잖아요. 미미를 만져 봐요. 살아 있는 감촉을… 이 생명이 얼마나… 미미가 더욱 나를 살게 해줘요. 생명은 생명끼리 부대끼며 살아야죠. 옛날 중국에선 산 사람을 시신과 함께 묶어놓는 가장 무서운 형벌이 있었죠."

그녀는 내 손을 잡아끌어 고양이 등을 쓰다듬게 했다. 나는 할 수 없이 손을 움직였다. 부드럽고 따뜻했고, 슬펐다. 아득한 정겨움이 손끝에 묻어 올라왔다. 그녀는 현기증이 나는지 고양이를 내려놓고, 잠시 눕겠다며 내게 양해를 구했다.

"고마워요. 아무에게도 속마음을 털어놓을 데가 없었어요. 그래도 내 말을 들어준 사람은 영인 씨뿐이에요…."

왠지 콧등이 시큰했다. 나는 얼른 일어섰다.

"그거 알아요? 사무를 처리할 때 영인 씨 눈빛은 종잇장 같고, 목소리가 잠겨 있다는 걸? 외로움에 지친 사람의 특징이에요. 난 금세 알아봤죠. 그런 영인 씨가 친구처럼 느껴져, 나도 모르게 사무소에 자꾸 가게 됐어요."

나는 부끄러운 짓을 하다 들킨 것처럼 얼굴이 화끈거렸다. 그녀가 희미하게 웃으며 손짓했다. 앉으라는 소리였다. 거부

할 수 없는 어떤 힘에 끌려 나는 다시 앉고 말았다. 그녀는 천장을 바라보며 천천히 입을 열었다. 메마른 입술에 허옇게 거스러미가 일어나 있었다.

"엄마가 날마다 말했어요. 나와 같이 죽자. 더 살아 뭐해? 흉측한 병이 유전되는 줄 알았다면 널 낳지 않았어. 어차피 틀린 거, 내세에서나 잘 살아. 내세에서나 꽃이 되라며 엄마가 어찌나 울던지. 이상하게 엄마가 그럴수록 내 속에선 어떤 강한 힘이 솟아났어요. 그림자처럼 따라다니는 죽음이 신앙처럼 날 더욱 강하게 만들었는지도 몰라요. 집을 나간 엄마가 보고 싶어요. 터너 협회에선 법 규정상 날 고용했지만, 내가 하는 일은 가만히 의자에 앉아 있는 일이에요. 어떤 장식품처럼 ⋯."

그녀의 소리가 잦아들었다. 나는 아까부터 그녀에게 묻고 싶은 것이 있었다. 어쩐지 그녀에게 묻는 것이 어색해 미루고 있던 참이었다.

"비망록이 어째서 서문이 되죠?"

그녀가 눈을 힘겹게 뜨더니 희미하게 웃었다.

"'생(生)'이란 한자는, 글자대로 소가 외줄을 타고 있어요. 난 줄에서 내려 초원으로 가는 소를 늘 상상해요. 내가 죽어도 영혼은 영원히 사라지지 않아요. 영혼의 생도 살아야지요. 그래서 내겐 생이 내세를 위한 짧은 서문 같았어요. 책을 펴면 처음에 머리말이 나오고, 그다음에야 본문이 나오니까요 ⋯."

그녀는 지친 듯 다시 눈을 감고, 어느새 잠이 들었다. 나는 조용히 방문을 닫고 나왔다. 아무렇게나 놓인 그녀의 찌그러진 신발이, 주인 잃은 신발처럼 쓸쓸해 보였다.

나는 날마다 컴퓨터 앞에 앉아 죽음을 기록했다. 반복되는 기록 행위는 너무도 무료했다. 사이사이 그녀의 말이 생각났다. 그런데 내가 왜 그녀에게 신경을 쓰는 것일까. 속옷에 잘못 끼어든 머리카락처럼, 내 속의 어느 한 곳이 자꾸만 가려웠다. 짜증스럽게 느껴지던 그녀가 온통 내 마음을 차지하고 있었다.

'생'이란 말이 좋아요. 나는 그녀의 말을 따라 발음해 보았다.
생? 나의 무료하고 누추한 생.

남동생이 죽고 난 후, 어머니는 삶을 포기했다. 날마다 울며 누워 지내는 어머니에게 질려 아버지는 술에 의존해 갔다. 나는 점점 그런 어머니와 아버지를 보는 것이 역겨웠다. 우리 가족은 서로 소 닭 보듯 하며 제각각 식사를 해결했다. 따뜻한 밥 한 그릇 함께 먹는 것이 소원일 지경이었다. 가족들은 모래 알갱이처럼 겉돌았다.

언젠가 어머니가 아버지와 싸우고 혼절한 날도, 나는 어머니를 들여다보지 않았다. 병원에서 돌아온 어머니가 말했다.

'넌 어미가 죽어도 상관없니? 하기야 동생이 죽어도 울지 않던 년이니.'

동생이 죽었을 때, 나는 심한 충격에 장례를 치르는 동안 그저 눈을 부릅뜨고 앉아 있기만 했었다. 나는 분노가 치밀어 오르는 것을 내리누르며 어머니를 쏘아보았다. 어머니도 내가 죽었다 해도 눈썹 하나 까딱할 것 같지 않았다.

나는 친구조차 마음에 담아두지 않았다. 심심해서 진저리를 치며 기지개를 켤 때, 간혹 친구에게 전화만 걸어 실없는 소리를 주고받는 외에는. 친구는 다만 내 헛소리를 들어주는 군중으로서 존재할 뿐이었다.

나는 집을 떠날 날만 기다렸고, 취업이 되자마자 뒤도 돌아보지 않고 집을 나왔다. 그를 만나고부터는 오직 그에게 몰두하기 시작했다. 처음으로 무엇인가에 마음을 주고 그것에 빠져 허우적대는 자신이 신기해 보일 지경이었다. 그와 함께 서점에 가고, 그와 함께 재즈 카페에 가고, 그와 함께 파도도 없는 바보 같은 서해를 보러 갔던 시간.

"밥 먹었느냐, 물어봐 줘, 응?"하고 조르면,

"땅에서 아무리 많은 나무뿌리가 자라고, 감자가 자라도 지구의 질량이 변하지 않는 이유를 알아?" 하고 그는 말했다.

이런 일이 한두 번이 아니었다. 나는 늘 조바심하며 그에게 다가가고자 애를 썼다. 이 사랑의 모순이라니. 우리는 서로 바라보는 것과 원하는 것이 달랐다.

언젠가 그의 방송 시간에 어떤 작가가 게스트로 출연했다. 그의 멘트가 시작되었다.

"로맨스가 사라진 시대에 오랜만에 사랑을 주제로 한 소설을 출간하셨네요."

그는 여러 가지 질문을 하곤 마지막에 이렇게 말했다.

"여자가 싫어지면 커피값을 내지 않는다고 남자 주인공이 말하던데, 참 공감이 가는 부분입니다."

그러면서 그는 아주 유쾌하게 웃었다. 라디오에 귀를 대고 앉아 있던 나는, 가슴 어느 한 곳이 다시 균열을 일으키며 피가 주르륵 흐르는 것을 느꼈다. 나는 그때 눈치챘어야 했다.

황사 바람이 미친 듯 어둠을 쓸며 지나갔다. 창문이 덜컹거렸다. 침대에 누워 가만히 바람 소리를 들으니, 무덤 속에 누워 있는 것 같았다. 나는 일어나 컴퓨터를 켰다. 그와 주고받은 편지들을 하나씩 삭제했다. 가슴속에서 무엇인가 몰려다니며 서걱대는 소리를 냈다.

그는 늘 바쁘다는 핑계를 댔다. 한 달에 한 번 얼굴 보기도 어려웠다. 그러던 중, 그의 전화가 결번이라는 안내 음성을 들었다. 믿을 수 없었다. 그에게 이메일을 썼다. 그는 메일도 읽지 않았다. 뉘처럼 가려듣던 그의 목소리, 더는 그의 방송도 들을 수 없었다.

나는 방송국으로 그를 찾아갔다. 방송국 안은 미로였다. 방음재로 두껍게 쌓인 벽들 사이를 헤매었다. 녹음실, PD 대기실, 작가 대기실. 어디에도 그는 없었다. 복도에서 마주친 어떤 사람에게 물었다.

"누군지 모르지만, 알려드릴 수 없습니다. 이젠 여기서 일하지 않습니다."

엘리베이터를 타고 내려오는 동안, 멀리 한강이 내려다보였다. 진흙빛 물결이 잔잔히 출렁이고, 황사 바람이 그 위를 휘감아 돌았다. 나는 문득 그가 내게 무엇이었을까 생각했다. 그는 마치 황사 바람처럼 내 곁을 휩쓸고 지나가 버렸다. 흔적을 지우기로 마음먹은 듯, 어디에도 남김없이 사라져 가고 있었다.

새로운 문서를 천천히 열고, '비망록 Y'라는 제목 아래 그의 이니셜을 적었다. 그런데 아무 말도 써지지 않았다. 그와 함께했던 모든 시간의 열기와 무게를 되새겨도, 한 줄의 문장조차 만들어지지 않았다. 그가 정말 이 세상에 존재했었는지, 나는 그 순간 의심할 수밖에 없었다.

그가 죽었다고 상상을 거듭했다. 눈물도 나오지 않았고, 슬프지 않았다. 그의 뜨겁던 체온을 떠올렸다. 목소리, 눈빛, 눈썹, 귓바퀴에 돋은 솜털, 손톱 빛깔, 면도 자국이 뚜렷한 푸른 턱 … 그 모든 것이 그였다. 그런데 그것을 어떻게 문자화할 수 있단 말인가.

그는 이미 내게 존재하지 않았다. 단지 망막을 통해 각인된 기억과 그 순간의 감정을 기억할 뿐이었다. 그 기억 또한 진실한지 알 수 없었다. 그가 사라지며 모든 것이 사라졌다. 내게 마지막 희망이었던 '사랑'이라는 단어조차도.

누군가의 비망록을 입력하다 문득 '어머니'란 단어가 눈에 들어왔다. 어머니는 요즘 어떻게 지내고 계실까. 집을 나온 이후 처음으로 어머니 소식이 궁금해졌다. 나는 무심히 휴대전화를 열어 어머니의 전화번호를 한참 들여다보았다. 문득 뜨거운 커피를 마시고 싶었다. 나는 휴게실로 들어가 커피머신의 단추를 눌렀다.
"사망신고가 들어왔어요. 독거인이어서 저희가 처리해야 한다고. 이름은 이은아라고 합니다."
말끝에 참았던 숨이 기침과 함께 터져 나왔다. 그날 이후로 그녀는 모습을 드러내지 않았다. 나는 알 수 없는 마음으로 그녀를 기다리고 있었다. 왜 기다리는지조차 설명할 수 없었지만, 그때만은 분명 처음으로 그녀가 보고 싶다고 느꼈다.
그녀의 집 대문이 열려 있었다. 나는 마른침을 삼키며 집 안으로 들어섰다. 주인아주머니가 눈살을 찌푸렸다. 나는 침착한 척 천천히 말을 이었다.
"은아 씨 일로 사무소에서 나왔습니다. 제가 먼저 왔고, 조금 있다 경찰과 시신 수거인이 올 겁니다."

 나는 조심스레 그녀의 방문을 열었다. 그녀는 마치 개다가 만 빨래처럼 구겨진 채, 고요히 누워 있었다. 그 옆에는 고양이 한 마리가 바짝 붙어 앉아 있었다. 주검을 마주하는 건 내게 처음인 일이었다. 떨리는 손끝으로 고양이의 등을 어루만지자, 고양이는 낮고 부드러운 신음을 내며 몸을 움츠렸다. 그녀의 얼굴은 마치 깊은 잠에 빠진 듯 평화로웠다. 홀로 맞이한 그 죽음의 순간, 그녀의 마음은 어디쯤 머물렀을까.

 나는 거미 다리처럼 가냘픈 그녀의 손가락을 조심스레 모아 쥐었다. 손바닥 깊은 곳을 무언가 날카로운 것이 스치고 지나가는 듯, 생과 사의 간극이 전류처럼 손끝을 타고 흘렀다. 그 순간 나는 얼른 손을 떼고 몸을 일으켰다. 고양이는 기지개를 켜며 내 곁을 어슬렁거렸다. 나는 그 깊고 묘한 눈빛을 오래 바라보다가 조용히 안아 올렸다. 문득 어머니께 미미를 데려다 드려야겠다는 생각이 마음 한편에 스며들었다.

 묘지 정책 사무소의 일이 하나둘 마무리되어 가고 있었다. 이제는 비망록을 인터넷으로 직접 접수하고 사진과 함께 올리는 이들이 늘었다. 나는 오랜만에 월차 휴가를 내어 추모관을 찾았다. 사람들이 꽤 많았다. 추모관 한편에 자리한 슈퍼컴퓨터를 구경하는 이들도 있었다. 나는 차례를 기다려 '이은아'라는 이름을 입력했다. 사진 속 은아는 맑은 눈동자로 나를 응시하고 있었다. 짧은 생을 마친 그녀는 비망록 속에 있었다. 나는 그 문장을 한 자 한 자 다시 읽었다. 그리고 동생 영수의 비망록도 찾아 읽었다. 뜨거운 눈물이 볼을 타고 흘러내렸다. 오랜만에 우는 자신을 발견했다.

'저세상으로 돌아가 본문을 쓰겠다'라던 그녀의 말이 귓가에 잔잔히 울려 퍼졌다. 나는 문득 묻지 않을 수 없었다. 이제, 나는 무엇을 바라며 살아야 하는가. 우리가 흘려보낸 시간과 기억들은 도대체 어디로 사라져 버린 것일까. 세상에 변치 않는 절대적 진실이 있다면, 그것은 오직 '죽음'뿐일 터였다. 나는 그 냉혹한 경계, 생과 사의 끝자락에 조금 더 가까이 다가서고 싶었다.

추모관을 나서 서해 바닷가로 향했다. 황사 바람은 거칠게 몰아치며 파도를 일렁였고, 바다는 끝없이 출렁이고 있었다. 주머니 속에서 그의 비망록을 꺼냈다. 흰 종이 위에는 오직 이름 석 자만이 고요히 적혀 있을 뿐이었다. 나는 그 조각을 조심스레 손으로 찢어, 가만히 놓아주었다. 그를 보내던 순간, 가슴 깊숙이 서걱이던 무거운 울림이 서서히 잦아들며, 바람 속으로 사라져갔다.

주홍 길리아

　남자가 그녀의 발목을 잡는다. 복사뼈를 지그시 감싼다. 그녀는 낮은 의자에 앉아 숨을 멈춘 채 남자의 정수리를 바라본다. 숱 많은 그의 머리카락을 와락 움켜쥐고 싶은 충동이 일었다. 발가락에 힘을 주어 오므린다.
　오른쪽 구두를 신긴 남자가 다시 그녀의 왼쪽 발목을 잡는다. 한쪽 무릎을 꿇은 그는 마치 의식을 집행하는 사람 같다. 뒤꿈치가 구두 속으로 쑥 들어간다. 그녀는 고개를 들어 천천히 숨을 내쉰다. 숨결과 함께 뜨거운 열기가 새어 나온다.
　그녀 안에서 움튼 욕망이 허벅지를 타고 올라온다. 존재감의 무게를 몇 초 동안 의자 위에 얹는다. 아랫도리로 하얀 포자들이 흩어지는 듯하다. 마지막 숨을 천천히 내쉬며 남자의 손끝을 바라본다.
　남자는 가지런히 그녀의 두 발을 모아준다. 남자의 따스한 손이 떠난다. 거울을 보라고 남자가 말한다. 그녀는 거울 앞으로 몇 걸음 다가간다. 검정 구두에 박힌 비즈가 반짝거린다.

포장을 부탁하며, 벗어놓았던 구두를 신는다. 또 살 거냐는 물음을, 남자는 그녀를 바라보는 것으로 대신한다. 잠시 남자는 입을 벌리고 서 있다. 살짝 벌어진 입술 속에서 또 또 또, 소리가 비눗방울처럼 튀어나오는 듯하다. 그녀는 빨리 계산해달라고 말한다. 남자가 구두 상자를 들고 계산대로 향한다.

포장된 구두를 들고 그녀는 돌아선다.

에스컬레이터에 두 발을 딛고 선 그녀는 허벅지 안쪽으로 경련이 지나간 흔적을 느낀다. 그녀는 오늘도 필요치 않은 구두를 산다. 그녀는 가쁜 숨을 내쉰다.

백화점 회전문을 밀어내고, 저녁의 거리로 나선다. 저만치 지하철의 검은 입구가 보인다. 창백한 수은등이 일렬로 서 있다. 사거리 신호등이 일제히 빨간 불로 바뀐다. 자동차들의 꽁무니도 빨갛게 불을 밝힌다. 그녀는 무언가에 쫓기듯 시계를 본다. 바삐 지하철의 계단을 내려간다.

"왜 이렇게 늦었어?"
"일이 늦게 끝났어요."

병실에 들어선 그녀는 어머니의 물음을 건성으로 받아넘기고 아버지를 본다.

링거 줄이 발목에, 테이프로 감겨있다. 아버지의 머리털이 이마 위에 힘없이 붙어 있다. 어머니는 밥 먹었느냐고 묻지 않는다. 콤팩트의 거울을 열고 스펀지에 분가루를 잔뜩 묻혀 얼굴을 토닥인다. 진달래색 루주를 정성껏 바른 뒤, 입술을 앙다물었다가 뻐 소리가 나게 벌린다. 그녀도 따라 입술을 오므렸다 벌려 본다. 그녀는 얼른 입을 꼭 다문다.

입술을 다문 채 어머니는 볼을 양쪽으로 힘주어 당긴다. 분가루 위로 진달래 꽃물이 화냥기처럼 찍혀 있다. 현실감은 별로 없다. 설화 속의 꽃빛 같아 측은하다.

그녀는 어머니와 하루씩 교대로 병원에서 잔다. 어머니는 슬리퍼를 벗어 그녀에게 내어주고 병실 문을 나선다.

"색시는 좋겠어. 엄마가 어쩜 그리도 고와? 그 와중에 분단장도 하고. 남편한테 사랑받았을 거야."

옆자리에서 지켜보던 아주머니가 그녀에게 말한다. 엊그제까지 비어있던 건너편 침대에 새로운 환자가 들어와 있다.

그녀는 물 잔을 씻기 위해 탕비실로 간다. 병원의 복도는 조용하다. 모든 사물이 잠깐씩 정지되어 그녀의 눈에 그림으로 보인다. 아랫도리가 끈끈하다. 지하 매점으로 내려가 생리대를 산다. 한 달에 한 번씩 어김없이 찾아오는 생성의 표지.

여섯 명의 환자와 여섯 명의 보호자가 안도의 숨을 접으며 하나씩 둘씩 저마다의 불을 끄기 시작한다.

그녀는 일어나 아버지 앞으로 다가선다.

"뭣 좀 드릴까요?"

아버지가 그녀를 본다. 더 여위었다. 입술을 달싹이며 무어라 말을 하지만 알아들을 수 없다. 그녀는 속으로 말한다.

어머닌 집에 갔어요. 걱정하지 말고 주무세요. 의사가 퇴원하면 안 된다고 했어요. 알아요. 집에 가고 싶어도 조금만 참으세요. 저 이제 괜찮아요. 네? 알았어요, 네, 시집갈게요.

그녀는 아버지의 손을 주무른다. 주사에 혹사당한 손등과 팔에 저승꽃이 피어 있다. 보랏빛으로 죽어있는 살갗들. 주검의 냄새가 난다. 이제 더 찌를 곳이 없어 주사바늘이 발등을 찢고 깊이 꽂혀 있다. 아버지는 한숨을 내쉬며 눈을 감는다. 그녀도 눈을 감는다.

아버지의 바지 앞섶은 늘 벌어져 있다. 길게 소변 줄이 뻗어 있다. 침대 밑 링거병엔 피오줌이 이백육십 밀리그램 정도 차 있다. 날마다 소변량을 체크해야 한다.

아버지가 다시 쓰러졌다는 연락을 받고 회사에서 달려왔었다. 그녀는 그때 아버지의 작은 무덤을 보았다. 어머니는 의사를 만나기 위해 병실을 나간 뒤였다. 간호사가 양손에 링거병과 소변 줄을 들고 들어와 그녀에게 말했다.

"바지 좀 벗기세요. 바지를 내리라고요."

닳고 닳은 여자처럼 간호사가 눈짓했다. 그녀는 아버지의 허리춤에 손을 넣어 바지를 끌어내렸다. 간호사는 아버지의 페니스를 잡아 소변 줄을 끼우고 바지를 벗겨 냈다. 간호사의 손끝에서 아버지의 페니스가 늘어났다 다시 오므라들었다.

그녀는 처음 남자의 그것을 보았다. 공포에 가까운 느낌으로 다가온 남자의 것. 검은 거웃 위에 웅크린 그것은 작은 짐승의 시신 같았다. 풀숲에 쓰러진 작은 육신. 그녀는 비어져 나오는 슬픔을 억눌렀다. 자신의 몸뚱어리도 그 숲에 눕히고 싶었다. 그녀는 침대에 엎드려 가만히 울었다. 그리고 아버지의 무덤에, 길리아의 씨앗을 심었다.

'제발 싹을 틔우렴. 제발 살아나거라. 못된 짐승이 뜯지 못하도록 내가 지켜줄게. 무럭무럭 자라서 꽃도 피우렴. 그래서 꽃가루와 씨앗도 많이 만들렴. 아버지 미안해요, 난 이제 아프지 않아요. 아버지가 돌아가신다면 난 살아남아서 어떡하라고요. 그 원망을 어떻게 다 들으라고요.'

울컥 솟는 눈물에 그녀는 몸을 일으킨다. 창가의 한 보호자는 아직도 볼륨을 죽인 티브이의 드라마에 매달려 있다. 그녀는 병실을 나와 복도 끝 쉼터로 간다.

서너 사람이 소파에 앉아 두런거린다. 대개는 환자의 상태보다 병원비를 걱정한다. 그녀는 천천히 고개를 끄덕인다. 병원비를 걱정하는 게 곧 환자를 걱정하는 거라고.

그녀는 자동판매기에 동전을 넣는다. 완료를 알리는 땡 소리가 종이컵의 가장자리에 남아돈다. 흔들리는 여운을 쥐고 그녀는 밤의 거리를 내다본다. 그녀는 새로 산 구두를 생각한다. 빛나던 구두코를 떠올린다.

그제야 저녁밥을 먹지 않았다는 것을 안다. 그러나 식욕은 이미 멎어 있다. 며칠간 걸신들린 듯한 식욕과 미열 때문에 산만했다. 생리가 시작되고서야 비로소 안정을 되찾았다. 아랫배를 쓸어본다. 스커트의 지퍼를 내려야 할 만큼 팽팽하던 헛배가 감쪽같이 사라졌다. 생의 표지는 그렇게 출몰을 거듭한다.

그녀는 지하철 물품 보관소에 동전을 넣고 맡겨둔 구두를 다시 떠올린다. 대체 몇 개인지도 셀 수 없이 사들인 구두들. 구두의 숫자만큼이나 맹렬하게 번성한, 그녀 안의 주홍 길리아. 다시는 사지 않으리라 다짐하면서도, 그녀는 무엇에 홀린 듯 또다시 구두를 사러 간다.

작년 이맘때쯤. 구두를 사기 위해 이곳저곳에 들어가 닥치는 대로 신어 보았다. 점원은 그녀에게 다가와 검정 단화를 내밀었다. 그녀는 고개를 흔들었다. 점원은 그녀를 의자에 끌어앉히고 갑자기 그녀의 구두를 벗겼다. 새 구두를 신기기 위해 그녀의 발목을 잡았다. 허벅지를 통해 뱃속으로 빠르게 달려가는 충격을 느꼈다. 반란 같은 것이 일어나고 있었다. 저항이라는 말조차 떠올랐다. 처음으로 그녀는 자신 안에서 또 하나의 낯선 정체를 느꼈다. 더 없이 받아들이고자 하는 욕망이 분출하고 있었다. 그녀는 보았다. 부옇게 흐려진 시야에, 뿌려져 날아오르는 포자들의 장관을. 생의 홀씨들을. 그녀는 그렇게 자신의 발목에 발목 잡혔다.

다른 구두점에도 가 보았지만 친절하게 구두를 신겨주는 점원은 없었다. 구두점의 이름과 점원의 이름을 기억해 두었다. 어느 날 그곳을 찾았을 때, 어떤 부인 앞에 한쪽 무릎을 꿇고 구두를 신기는 점원의 모습을 보았다. 그녀는 질투를 느꼈다. 그녀는 욕망의 달이 뜨면 한 달에 한두 번 그곳에 갔다. 그녀는 절박했다. 그리고 낮은 의자에 앉아 몇 초 동안, 부스스 융기하는 존재감을 일깨웠다.

아버지의 병원비와 구둣값으로 날아온 카드 고지서는 핸드백 속에 들어있다. 이번 달 방세는 아무래도 못 낼 것 같다는, 식어버린 커피를 쓰레기통 속에 쏟아버린다.

사무실에 일찍 도착한 그녀는 컴퓨터를 부팅하고 커피메이커의 전원을 켠다.

팀장이 굿모닝, 하며 들어선다. 굿모닝은 아침마다 그녀의 무방비한 목덜미를 스치고 유리창으로 곧장 날아가 버린다. 그녀는 날아간 굿모닝을 잡으려는 듯 언제나 절박하게 창으로 고개를 돌린다. 그녀는 안다. 그의 아침 인사가 투명한 유리창에 종이비행기처럼 날아가 박혀 있음을. 가슴을 쓸 듯 그녀는 유리창을 자주 쓰다듬는다. 말갛게 닦여있는 유리창에 손자국이 부옇게 길을 낸다. 유리창은 차갑다.

"안숙 씨, 라벨은 어떻게 됐지?"

다른 직원보다 항상 일찍 도착하는 팀장은 담배꽁초가 수북이 쌓인 재떨이를 휴지통에 쏟으며 그녀에게 묻는다. 그녀는 대답하지 않고 커피를 따른다.

"안숙 씨!"

다그치듯 그가 부른다.

"오늘 중으로 끝낼게요."

그녀는 돌아서며 대답한다. 그가 부르고 있는 자신의 이름에 자꾸 조바심이 일어난다. 그녀가 입사한 지 얼마 안 된 회식 자리에서였다. 퇴근 무렵이면 대강 철저히 끝내고 한잔하러 갑시다, 팀장은 직원들을 불러 모았다. 그날도 식전에 마신 술로 거나해진 팀장이 느닷없이 안숙 씨, 하고 불렀다. 동료들은 왁자하게 웃었다. 옆자리에 앉아있던 주임도 덩달아 안숙 씨 좋습니다, 하며 술잔을 부딪쳤다.

"숙안, 숙안이라 부르기엔 이름이 너무 도도해. 난 이제부터 안숙이라 부를 거야."

그녀는 아무런 대꾸도 못 하며 그를 바라보고만 있었다. 그렇게 말하는 건너편의 팀장이 왜 남자로 다가왔는지 알 수 없었다. 남자. 목소리가 너무 진지했던가. 아니 그의 내밀한 눈빛이었나. 그날 이후, 그녀는 그를 바로 바라보지 못했다.

때론 숙안이라 불리었다. 평소에는 안숙 씨였다. 가끔 숙안, 하고 부를 때면 그의 눈가가 그윽해졌다. 그녀는 그와 자신의 이름 옆에 여자로 서서 조바심이 일었다.

그의 흩어진 뒷머리가 한쪽으로 비죽 솟아있다. 그의 뻗친 머리를 쓰다듬고 싶다고 생각한다. 그는 어제도 삼차까지 순례했을 것이다.

"빈집에 들어가는 기분이 어떤지 알지? 어둠 속에서 스위치를 올릴 때, 기대가 무너지는 것이 두려운 거야. 정말 어느 날은 아내와 아들이 집에 돌아와 있을 것 같은 그 기분. 날 놀래키려고 온단 전화도 없이 갑자기 돌아와서는 일부러 불도 꺼놓고 내가 들어서면 달려 나오려고 말이야. 난 이상한 버릇이 생겼어. 아파트 주차장에 차를 대고 앉아 우리 집의 층수를 세어 보는 거야. 하나, 두울, 세엣…. 그것도 아주 천천히. 어느 날은 층수를 잘못 세었어. 한 층을 더 세었지. 거실엔 환히 불이 켜져 있고 커튼도 활짝 열려 있었어. 난 차 문도 잠그지 못한 채 뛰었지."

그의 아내가 중학생 아들의 조기유학을 위해 캐나다로 떠난 후에 그녀에게 들려준 말이었다. 그 말을 들었을 때 그녀의 어깨가 휘청 흔들렸다. 그는 어느덧 이년의 세월을 보내면서 아내와 아들의 부재를 받아들였고, 외로움은 그의 옷가지에 주름살로 남겨졌다.

그녀는 파일을 불러낸다. 그녀가 그린 그림이 창에 뜬다. 유니섹스 겨울 점퍼용이다. 제품의 라벨을 확대하여 등판에 또 하나 붙인다. 유럽으로 팔려나갈 것이다.

burnt sienna   10.0R
french beige   1.0Y
viridian green   8.5G

로고 H자는 번트 시엔나, 고딕체로 라벨의 한가운데 박혀 있다. 바탕은 프렌치 베이지에 하단에 새겨지는 숫자는 비리디안 그린이다. H자의 오른쪽 머리 위로 체리 블룸의 들꽃 하나가 수놓아져 있다. 정사각형 안에 이것들이 들어있다. 사각형 테두리를 무슨 색으로 칠할 것인가 잠시 고민하다 오렌지를 고른다.

그녀는 번트 시엔나를 중얼거린다. 두 배로 확대하여 인쇄한다. 빠져나온 번트 시엔나는 초콜릿색보다 더 짙은 검은 기운을 뿜고 있다.

그녀는 115가지의 관용색 이름을 아직 외우지 못한다. 먼셀의 속성기호가 그녀의 기억 속에서 잠시 소용돌이치다 사라진다. R. yR ry. GY. yG … 간신히 중성색 계의 기호를, 기억의 그물망에서 건져 올린다. 그것들은 물고기처럼 꼬리를 치켜든다.

팀장은 요즘 들어 자주 소리치곤 했다. 보색만 그려 넣는 그녀에게.

"배색의 음률을 생각해 봐. 이 색의 배열에서 무슨 소리가 들리는지 귀를 기울이란 말이야. 미란 음률의 균형에서 생겨."

그녀가 그린 그림을 들고 와 늘 장황하게 설명하는 그가 그다지 싫지 않았다. 말 잘 듣는 아이처럼 고개를 숙이고 그의 목소리를 경청하곤 했다.

"고대 이집트인은 변화 속에서 통일을 표현한다고 했지."

"전 보색을 원해요. 사람의 눈은 하나의 색을 보면, 스스로 균형을 위하여 주어진 색의 보색을 망막 속에 필요로 하죠. 보색이 시야에 존재하지 않으면 자연스럽게 그 보색을 보충하려는 욕구를 갖게 돼요. 음, 허무가 의지를 키우듯."

허무가 의지를 키우듯, 그 말은 삼켰다.

"하지만 진폭이 심한 감정의 변화 때문에 흥분하기 쉽지. 라벨이란 게 브랜드의 심벌이기에 앞서 어느 옷에 붙여지면 그 옷의 일생이 끝날 때까지 함께 가는 거야. 생이란 것이 그런 거잖아. 이 작은 공간 안에서 색을 어떻게 배열하느냐에 따라 그 생은 달라지는 거야. 우리가 만든 이것이 그저 회사 이름을 써넣는 것만은 아니잖아."

생? 생이란 단어가 어쩜 그리도 아프고 생경한지. 알 수 없이 깊고 깊은 지점을 두드리는 건지.

"팀장님 생은 좋아하는 색으로 잘 선택돼 배열돼 있나요? 맘대로 선택할 수 없는 것도 있겠죠. 모든 것을 좋은 것으로 배열

할 수 있는 사람이 이 세상에 얼마나 될까요?"

그녀는 전에 없던 반감이 일어나는 것을 느꼈다. 그저 우기고 싶었다. 그는 주먹을 쥐어 입에 대고 헛기침을 했다. 그녀가 말했다.

"빛과 어둠, 기쁨과 슬픔이 있듯이, 그래서 보색이 더 자연스럽잖아요."

"보색은 자연 속에서 우아하게 드러나는 거야. 빨간 장미꽃과 녹색 줄기와 이파리들처럼. 이건 좀 심했어."

그녀는 계속 보색을 그려 넣었고, 요즘 왜 그러냐고 팀장은 물었다. 무슨 일이 있느냐고.

"아무도, 우리들이 만든 라벨 따위엔 관심도 없어요."

그가 제일 듣기 싫어하는 말로 그를 자극하고 싶었다. 그는 색에 미쳐가고 있는지도 몰랐다. 자연의 색감을 찾기 위해 그는 틈만 나면 전국을 순례하며 이름 없는 풀과 꽃, 노을과 바다를 필름에 담아왔다. 관광 기념품을 선물하듯 그것들을 그녀에게 건넸다. 사진 속에 핀 흰색 으아리, 샛노란 양지꽃, 보랏빛 투구꽃, 백합 모양의 분홍 상사화.

그는 식물연구원이 될 지경이었다. 사진들을 보며 그녀는 탄성을 질렀고, 자신의 탄성에 깜짝 놀랐다. 보랏빛의 투구꽃이 좋다고 그에게 말했다.

"보랏빛을 너무 좋아하면 안 돼. 어두운 보라색은 잠재해 있던 비관적 심리를 일시에 용솟음쳐 나오게 하거든. 괴테는 말했지. 이런 종류의 빛을 풍경에 투사시키면 이 세상의 마지막 같은 공포가 나타난다고 말이야."

그는 모든 걸 색채를 통해 생각하고 말했다. 그의 생은 무슨 빛일까. 그의 가슴엔 무슨 색이 고여 있는 것일까. 그는 어느 날 잡지에 실린 주홍 길리아를 가져왔다. 흥분을 감추지 못하고 그것을 그녀에게 내밀었다.

"이 꽃 색깔 좀 봐. 눈을 뽑을 듯이 달려들잖아. 주홍과 주황색은 물체의 세계에서 가장 활발한 에너지를 갖고 있지. 안숙 씨에게 잘 어울려. 하지만 이 색깔은 자칫 거만함을 갖고 있다는 것이 흠이야."

그는 사진을 복사해 그녀에게 주며 말했다.

"길리아가 얼마나 약은지 읽어봐. 탐지용 싹을 틔울 줄도 알고 참 귀여운 녀석이야."

그녀는 참나리를 닮은, 다섯 갈래로 벌어진 주홍빛 꽃잎을 보았고, 사진 하단에 깨알처럼 박힌 글을 읽었다.

'뜯어 먹힐수록 번창하는 주홍 길리아. 미국 애리조나 북부 산악지대에 사는 이 야생화는 사슴 떼가 몰려와 싹을 뜯어먹었을 때 꽃가루와 씨앗을 더 많이 생산한다.'

그녀는 사진을 책상 유리 밑에 펴 넣었다. 그리고 날마다 주홍 길리아를 보았다. 그가 주홍 길리아의 얘기를 하던 순간, 작은 꽃씨 하나 날아와 그녀의 가슴에 박혔는지도 모를 일이었다. 상실과 박탈의 아픔이 오히려 생을 키우고 번성시키는 역설이라니. 나의 피학과 허망은 내 속의 무엇을 키울 수 있을까.

점심시간에 몰려나간 동료들의 의자 위엔, 그들의 무게로 짓눌린 중압들이 남겨져 있다. 그녀는 점심 대신 커피를 따른다. 전화벨이 울린다. 책상 위에 놓인 전화기에 주홍빛 불이 깜박인다.

"나다. 아깐 아침 일찍이라 차마 말을 못 했는데, 내일이 병원비 중간 계산 날이야. 구석방 셋돈 받은 것도 다 쓰고 어떡하면 좋으냐."

이제 말도 안 되는 내기나 시합 따위는 끝내고 싶다고 소리치고 싶다.

"제 통장도 비었어요. 더는 저도 어떻게 할 수 없어요."

그녀는 빠르게 통장의 잔고를 떠올린다.

"얘, 그래도 어떡하냐. 회사에서 대출이라도 좀 받아보렴."

"차라리 저더러 죽으라고 하세요."

궁지에 몰린 짐승처럼 어머니에게 대든다. 처음으로 못 할 소리를 한 그녀는 흠칫 놀란다. 저항이라니. 전화기를 내려놓은 손이 가늘게 떨린다. 전화선 끝에, 어머니의 목소리가 독하게 매달려 있다. 제 아비 잡을 년.

"숙안. 왜 그래? 아버지가 안 좋으신 거야?"

사무실로 들어선 팀장이 그녀에게 다가온다. 어머니의 목소리와 팀장의 목소리가 뒤섞인다.

그녀는 뚫어져라, 컴퓨터의 모니터만 바라본다. 도도해서 싫다던 이름, 가끔 불러주는 이름. 그녀는 금세 풀기 빠진 홑청처럼 늘어져 나른해진다. 하루에도 몇 번씩 일어났다 사라지는 조바심에 몸살을 앓는다. 팀장이 아닌, 그녀 안의 남자로 지금 그는 서 있다. 와이셔츠를 걷어붙인 팔에 검은 털들이 옆으로 누워있다. 그녀는 블루 스트라이프 와이셔츠에 기대고 싶은 충동을 느낀다. 그때처럼 그의 어깨에 기대어 편안히 잠들고 싶다. 그녀는 지금 의자를 박차고 일어나야 한다고 생각한다. 그의 손이 그녀의 어깨에 얹히기 전에. 그러나 그의 손길을 얼마나 애타게 기다리고 있는가. 그의 시선과 그녀의 시선이 마주 닿은 꼭짓점 위에 푸른 나비 한 마리가 날아오른다.

그의 어깨에 기대어 어찌 그리 깊은 잠을 잘 수 있었을까. 잠들기 전까지 그녀는 그날, 술집에 앉아 몹시 취해 있었다. 수년을 한 사무실에서 마주친 눈빛. 조심스럽게 다가간 오후의 시간. 그 시간 속에 앙금으로 가라앉은 정념을 그녀는 그런 식으로 말했던가. 그동안 어떻게 구두를 사러 다녔는지, 사들인 구두가 열 켤레도 넘지요. 안 세어 봤어요. 아버지는 병들어 누워있는데 난 그러고 다녔어요, 하며 미친 듯이 주절대던 그녀. 비집고 나오는 눈물을 닦아주며 괜찮아, 괜찮아, 하던 그.

마치 감염자처럼 열에 들떠, 남자와 자고 싶다며, 나와 함께 있어달라고 한 뒤 울었던가. 아주 섧게 울며 떼를 쓰듯 그의 팔에 매달리다 지쳐, 정말 풀이 눕듯 그렇게 기대어 잠이 들었다.

그녀는 어른거리는 그림자에 눈을 떴다. 벽에 달린 작은 전구의 희미한 불빛이 보였다. 맞은편 의자에 앉아 그녀를 바라보던 그의 그림자가, 벽면에서 한숨처럼 일렁이고 있었다. 그녀는 지난밤의 기억을 더듬으며 몸을 일으켰다. 흐트러진 머리칼 사이로 낯선 방의 풍경이 들어왔다. 순간, 그곳이 어디인지 깨달으며, 어떻게 모텔에 들어와 잠이 들었는지 불안한 눈으로 그를 쫓았다. 그는 말없이 일어나 창을 열었다.

"숙안. 무슨 일이 있는 거지?"

창을 향해 선 그의 뒷덜미처럼 목소리는 완강했다. 새벽의 한줄기 푸른 바람이 예언처럼 흘러들었을 때 그는 그녀를 향해 몸을 돌렸다.

"병가 냈을 때도 얼마나 걱정했는지 알아?"

그녀는 피식 웃었다.

무릎을 세우고 앉아 고개를 떨군 그녀 앞으로 그는 다가앉았다.

"그렇게 웃지 마. 그 비웃음이 네 영혼을 상하게 한다는 걸 몰라? 무엇이 너를 따라다니는 거야?"

그는 그녀의 얼굴을 두 손으로 감싸 쥐었다. 그의 손길은 경미하게 떨리고 있었다. 그러나 그의 눈빛은 차갑고 고독했다. 천천히 다가온 그의 입술이 그녀의 이마에 닿았다. 따스함이 콧잔등을 타고 내려와 마른 입술에 부딪혔다. 그녀는 숨을 멈췄다. 귓속에서 윙윙 소리가 났다. 허벅지 안쪽으로 비껴가는 떨림을 감추려고 그녀는 고개를 숙였다. 그녀의 옷을 천천히 벗겨내는 그의 손끝으로 작은 파문이 일어났고, 그것은 그녀의 솜털들을 일으켰다. 헐벗어 가는 옷들이 부끄러워 목을 꺾고 쓰러졌다.

그녀의 옷 위에 그의 옷이 떨어져 내렸다. 거웃이 그녀의 눈에 들어왔다. 그의 것은 부풀어 있었다. 그것은 확실한 언어였다. 아버지의 무덤이 눈앞으로 지나갔다. 웅크려 죽은 작은 시신 같던 아버지의 것. 그 서럽던 형체. 그녀는 자꾸 고개를 흔들며 번민의 손을 뻗어 그의 것을 잡았다. 부끄러움도 없이 잡은 손길이 뜨거웠다. 마침내 그는 그녀의 안으로 들어왔고 그녀는 그를 받아들였다. 고통을 동반한 충실한 존재감이 그녀 안에서 기껍게 떨고 있었다. 그녀는 기뻤다. 생의 허물을 벗고 그저 자궁으로서만 아득히 파들거렸다. 저 먼바다를 향해 헤엄을 치듯 그곳에 닿기 위해 힘 있게 팔을 뻗어 나아갔다. 그녀 안에서 멈칫거리던 길리아는 더욱 붉어진 꽃잎을 열었고 꽃가루를 하얗게 날려 올렸다. 비로소 그녀는 불안을 떨치고 안심했다.

오후 내내 그는 자리에 없었다. 그의 부재가 오히려 그녀를 편안하게 했다. 그의 의자에 벗어놓은 감색 상의가 한쪽으로 기울어 걸쳐 있었다. 마치 한쪽 날개를 잃은 커다란 새처럼 기우뚱 쏠려 있었다. 그것을 바라보는 그녀의 고개도 따라 기울어졌다. 옷을 똑바로 하고 싶은 마음이 일어났다. 한낮의 해가 가득 들던 창가에, 옆 건물의 그림자가 서서히 다가와 눕고 있었다.

그때, MSN 메신저가 그녀의 컴퓨터 창에 떠올랐다. 온라인의 통로를 통해 그가 온다.

'saxe blue님이 로그인하였습니다.'

'숙안. 퇴근 후 그때 거기서.'

그의 ID는 먼셀의 관용색 이름에서 빌려온 삭스 블루. 그답다.

블루는, 모든 발아와 생장이 암흑과 정적 속에 숨겨져 있는 겨울의 힘을 표현한다고 말했다. 그러나 그는, 파랑이 혼탁해질 때 그것이 곧 공포와 비탄, 그리고 파멸로 이어진다고도 했다. 그녀는 문득, 혹여 그가 지금 파랑을 혼탁하게 하는 건 아닌지 정신이 번쩍 든다. 주홍과 파랑이 겹쳐져 거의 보랏빛으로 변하는 것을 보며, 그녀는 두려움에 사로잡힌다.

그녀는 응답하지 않는다. 빈칸에서 깜박이기만 하는 자신의 커서를 바라본다.

'saxe blue님이 메시지를 입력하고 있습니다.'

'이따가 보자.'

그녀는 떠오른 문자를 읽는다. 그것은 바다 위에 표류하는 한 점 조각배처럼 파도에 쓸려 다닌다. 그녀는 닫기를 누르고 책상을 정리한다.

오전에 뽑은 라벨은 팀장의 책상 위에 있다. 팀장은 아직 그것에 대해 말하지 않는다. 그녀는 경리과를 갈 것인지에 대해 망설인다.

아예 퇴직할까. 대체 언제까지일까. 이 끈질기고 가당찮은 목숨의 시합. 그러나 그녀의 등은 떠밀린다. 경리과를 향한다. 그는 기다릴 것이다.

경리과장은 의자에 몸을 깊숙이 묻으며 그녀를 올려다본다.

"미스 정. 대출도 곤란해요. 회사 사정도 사정이지만 퇴직금은 퇴직해야 처리되는 거죠."

"……"

"사퇴하고 다시 들어오는 방법이 있긴 한데, 사실 미스 정, 나이도 있고, 감원 바람도 불구. 차라리 시집이나 가지 그래요?"

과장은 그녀를 보며 웃는다. 그녀도 마주 웃는다. 아무렇지도 않다는 듯이 말한다. 잘 알겠어요, 알겠어요.

돌아서서 그녀는 걷는다.

"젠장, 지금이 어느 땐데."

과장의 혼잣말이 그녀의 뒤통수에 꽂힌다.

아버지가 쓰러진 지 일 년이 넘었다. 본태성 고혈압은 아버지의 콩팥을 파괴했다. 이백육십까지 오른 혈압 수치는 의사들의 연구 대상이 되고도 남았다. 혼수에서 깨어났지만 반신불수였다. 요독증이라는 병명을 얻었고 피오줌을 쏟았다. 어머니는 극구 퇴원을 주장했다. 가까스로 차도를 보인 아버지를 한 달 만에 집으로 데려왔고 어머니는 기다렸다는 듯이 단골 무녀 집으로 달려갔다. 무녀가 아버지의 병을 낫게 할 거라고 굳게 믿었다. 웬일인지 갑자기 그녀도 앓기 시작했다. 온몸에 힘이 다 빠져나갔고 등이 몹시 아팠다. 팔을 들지도 못했다. 손가락조차 움직일 힘이 없었다. 식욕도 사라졌고 무기력했다. 그녀의 등뼈에 누군가 끊임없이 못을 박고 있었다. 병원의 진단 결과는 이상 없음이었다. 신경성이라며 처방해 준 안정제를 받아왔다. 그녀는 우울하고 무료했다. 회사에 병가를 내고 종일 천장을 바라보며 누워있었다. 매일 무녀 집을 다녀오는 어머니의 옷자락에선 진한 향불 냄새가 났다. 기어이 어머니는 굿판을 벌였다. 아버지의 병과 그녀의 병을 위해.

   그녀는 마당으로 불려 나와, 무녀가 말아 쥔 색색의 깃발 가운데 하나를 뽑았다. 붉은 깃발이었다. 그녀의 머리 위에 붉은 보자기가 씌워졌다. 무녀는 방울을 흔들며, 섬기는 동자를 불렀다. 신이 오른 무녀는 시퍼런 작두 위에 버선발로 올라가 춤을 추었다. 밤하늘로 날아오르는 버선발은 유난히 희고 푸르게 빛났다. 무녀의 남편 박수가 울려대는 징 소리와 함께 흰 새들이 가볍게 날고 또 날아오르며 그녀의 눈 속으로 파고들었다. 한없이 쩔렁대는 방울 소리. 저승의 길목에서나 울릴 법한 소리였다. 색동 갑사를 스쳐 가는 무녀의 큰 칼은 그녀의 머리와 어깨 위에 번차례로 올려졌고 그녀를 한 발짝씩 어둠으로 데려갔다. 드디어 새타니가 무녀의 입을 빌려 말을 했다.

"아버지와 딸 중에, 한 명이 죽어야 끝나! 암튼, 둘 중 한 명이 죽어야."

누군가 하나는 죽어야 한다고 더욱 세차게 방울을 흔들었다. 어머니는 허리를 굽히고 두 손을 비비며 돼지머리 앞에 돈을 올려놓았다. 살려달라고 애원하는 어머니의 울음소리는 구경 나온 동네 사람들을 울렸다. 무녀는 고개를 흔들었다. 어머니의 통곡과 함께 붉은 보자기가 날아가고 그녀의 머리채는 어머니의 손아귀에서 펄럭였다. 그녀는 울 수도 없었다.

그녀는 따로 방을 얻었다. 아버지와 떨어져 살아야 한다는 무녀의 비방 책이었다.

어머니에게 무녀의 말은 곧 신앙이었다. 누구도 감히 거역할 수도, 만류할 수도 없었다. 이건 아니야. 그녀는 소리치고 싶었다. 아버지는 다만 병이 들었을 뿐이라고. 동네 아주머니들은 그녀를 만나면 고개를 외로 꼬았고 등 뒤에서 수군거렸다.

그녀는 쉬는 날이면 아버지를 만나러 갔다. 어머니의 눈치를 살펴야만 했다. 그녀가 곁에 있어 아버지가 잘못될까 우려

하는 어머니를 원망할 수 없었다. 어머니의 방식이었다. 어느 날 갑자기, 무녀의 말 한마디로 시작된 목숨 시합이었다.

아버지는 첫 새벽, 갓 눈 자신의 오줌을 받아 마셨다. 오줌 병엔 오줌을 먹어야 낳는 법이야. 어머니는 오줌을 마시는 아버지를 자랑스러운 듯 바라보며 말했다. 먼 나라 종교의 비문을 찻상에 올려놓기도 했다. 아버지는 점점 여위어 갔다. 한쪽으로 비뚤어진 입은 여전히 돌아오지 않았다. 어머니는 지압사를 불러 아버지의 온몸을 주무르게 했다. 아버지의 몸엔 검푸른 멍만 남았다. 그 멍들이 빨갛게 노랗게 변하다 사라지면 어머니는 다시 새로운 처방을 내었다.

집안 곳곳엔 고사 지낸 밥공기들이 줄지어 있어 파리가 들끓었다. 아버지는 그렇게 길들어져 갔다. 평소에 현명하고 다정했던 아버지. 삼십 년을 공직에 있었으면서도 가난을 벗어나지 못했던 아버지. 명절날 사과 한 상자의 선물도 난감해하던 아버지. 그녀는 아버지에게 간곡히 말했었다. 다 그만두고 병원에 가자고. 네 엄마를 실망시킬 수 없어, 네 엄마는 저렇게 철석같이 믿고 있는데. 만약 내가 없더라도 네 엄마 잘 챙겨 드려라. 아버지는 오히려 어머니를 걱정하며 눈시울을 붉혔다.

그녀가 병원으로 모시자고 하자 어머니는 아비 잡으려고 환장했냐며 달려들었다. 모든 경비는 그녀가 맡았다. 돈은 대부분 무녀에게 넘겨졌다. 어머니는 아버지의 목숨이, 딸인 그녀에게 달려 있다고 생각했다. 둘 중 하나가 죽어야 한다는 무당의 말을 곧이들었으니까. 어머니는 당연하다는 듯이 그녀에게 돈을 요구했다.

아버지의 병세가 호전될 기미를 보이지 않자 어머니는 그녀를 거절했다. 미움과 원망의 눈초리를 노골적으로 드러냈다. 집 근처엔 얼씬도 말아라. 만약 네 아비 잘못되면… 그땐 너 죽고 나 죽자. 그런 어머니가 안쓰러운 아버지를 이해하기 위해서라도 그녀는 어머니를 안쓰러워하지 않으면 안 되었다. 어머니는 한풀이라도 하듯 그녀를 옥박질렀다. 아버지 없인 신발도 살 줄 몰랐던 어머니. 아버지가 아니고는 남대문 시장도 찾아갈 줄 몰랐던 어머니. 예서 잠깐 기다리라고 하면 오줌이 마려워도 나무 밑을 떠나지 못했던 어머니. 언제나 아버지의 옷자락 끝을 잡고 종종걸음을 걷던 어머니. 어머니는 삶의 벼랑에서 부르짖고 있었다. 자신에 대한 어머니의 원망 보다, 그녀는 어머니의 절박함 때문에 가슴이 미어졌다.

오래된 한옥엔 이상한 냄새로 가득 찼다. 구석구석에 한 줌씩 먼지가 쌓였다. 한여름 무더위 속에서 곰팡이만 푸르고 싱싱하게 피어올랐다. 어느 날부터, 기르던 강아지는 폐쇄한 부엌 아궁이로 들어가 땅을 파기 시작했다. 뒷발질로 내보낸 흙더미가 부엌 바닥에 소복이 쌓였다. 안방에 누운 아버지는 구들장 밑에서 누가 자꾸만 땅을 파고 있다고 소리를 질렀다. 아버지의 머리맡엔 불교 경전과 신약전서가 함께 놓여 있었다. 뿌연 먼지를 덮어쓴 책들 위로 쇠잔한 햇빛이 날아와 앉았다.

언니, 나 언니한테 가서 살면 안 돼? 동생이 그녀의 치마를 잡고 울었다. 언니, 무서워 죽겠어. 그녀도 무섬증이 났다. 집은 폐가처럼 황폐해졌다. 게다가 검푸른 기운은 어디서부터 오는 것일까. 또 검푸른 냄새는…… 보이지 않는 기운들은 이미 적군처럼 침투해 있었다. 문틀에 끊임없이 피어나는 푸른 곰팡이처럼, 그녀에 대한 어머니의 원망은 지칠 줄 몰랐다.

어머닌 진달래 빛 루주를 바르기 시작했다. 그녀가 바깥에 방을 얻은 후, 그녀가 살던 방엔 젊은 남자가 살고 있었다. 어머니는 밑반찬을 만들어 그녀의 방에 세 든 남자의 밥상을 차리기도 했다.

어머닌 그녀의 낯빛을 살피며 물었다. 그녀는 늘 초췌한 표정을 지으며 힘없이 말했다. 아직 아파요. 견딜만 해요. 아프지 않은 그녀는 대답하며 죄의식을 느꼈다. 아버지와 어머니를 생각하면 그녀는 계속 아파야만 했다. 아버지와 어머니에게 동시에 미안하고 미안했다. 어쩌면 좋단 말인가, 아프지 않은 것을. 구두를 사들이기 시작하면서 그녀의 고통은 조금씩 사라졌다. 보이지 않는 어떤 힘이 그녀를 끌어내고 있었다. 그녀의 구두 사기는, 아니 더 정확히 말해 불현듯 생겨난 욕망은, 죽을지도 모른다는 무녀의 말을 들은 뒤 시작되었다. 그녀는 한 켤레의 구두와 욕망을 바꾸면서 견뎠다. 죽음을 바꾸면서 견뎠다. 제 아비 잡을 년. 어머니는 입속의 말을 얼버무리며 그녀의 눈길을 피했다. 어머니 또한 자신의 욕망과 죽음을, 그녀에 대한 원망과 바꾸며 견디고 있는 것일지도 몰랐다. 무당의 갖은 비방과 어머니가 수소문해 들여온 온갖 비법은 아무런 소용이 없었다. 그 모든 기대를 배반한 채 아버지는 다시 쓰러져 병원으로 실려 갔다.

그녀는 거리에 선다. 어둠이 발밑으로 떼지어 있다. 흘러가는 인파 속에 갈망의 덩어리들이 구른다. 바람이 분다. 바람 속에서 분명한 냄새를 맡는다. 가을이 그렇게 오고 있다. 저벅저벅 소리를 내며 그녀의 가슴으로 걸어 들어온다. 도시의 회색 비둘기가 가로수 밑에서 무언가를 쪼고 있다. 그녀가 다가가도 옆걸음만 칠 뿐, 여전히 땅에 고개를 박는다. 비둘기를 지나 그가 기다리는 곳으로 걸음을 옮긴다.

그가 웃으며 손을 든다. 그와 마주 앉는다. 그녀는 커피를 주문한다. 벌써 비워낸 술병이 테이블 위에 어질러져 있다. 그는 또 말없이 술잔을 든다. 그녀는 긴장한다. 무언가 말을 하려 하지만, 아무런 말도 할 수 없다. 그가 말한다.

"숙안. 라벨 다시 그려봐. 감정이 너무 드러나 있어. 그 감정을 빨리 수습해. 문제가 있으면 응시만 하지 말고 그 속으로 걸어 들어가 목까지 잠기는 거야. 목이 데드라인이지. 이것은 넘기지 마. 코까지 잠기면 죽음이야. 그 속에 잠겨 있으면 문제가 크게 보이지 않아. 응시하면서 분노만 하지 말고, 뛰어들란 말이야. 그래야 좋은 색이 나오지."

그녀는 커피 잔을 들며 아직도 목에 손을 대고 있는 그를 본다.

"저 퇴직할까 생각했어요. 퇴직금 받아 시집이나 가려고요."

그는 웃는다. 그녀도 따라 웃는다. 그러다 정색을 하며 서로 입을 다문다. 잠시 침묵하는 사이로 음악소리가 끼어든다. 시간이 가는 것에 그녀는 신경이 곤두서고 입안의 침이 마른다. 한참을 그런 채로 앉아있다.

"나, 할 말이 있어."

그는 테이블 가장자리를 힘주어 움켜쥔다. 그녀는 얼핏 느낀다. 오래전부터 준비해 온 그 말이 이제야 나오려는구나.

"아무래도 떠나야 할 것 같아. 들어오라는 집사람 성화에…….

그는 이름을 부르지 않는다. 숙안의 이름을 부르지 않을 때가 있다. 자신의 아내 이야기를 할 때면, 그는 언제나 그녀의 이름을 삼킨다.

잘됐네요. 가셔야죠. 제 생각에도 그게 맞아요. 그녀는 담담하게 그를 바라본다. 언제 가느냐 묻지 않는다. 가지 않으면 안 되냐고 묻지 않는다. 슬픔의 싹이 고개를 들어 은밀한 생장을 준비한다. 그가 그녀의 옆자리로 옮겨와 앉는다. 그녀의 어깨에 팔을 두르고 그렇게 가만히 있다. 그의 호흡 고르는 소리가 그녀의 귓가에 떠 있다. 또 시간이 흘러간다. 그가 갑자기 그녀의 손을 잡고 일어선다.

도시의 밤이 서늘한 기운을 뿜고 있다. 그의 걸음을 따라 그녀도 걷는다.

"모든 건물은 말을 하지. 그 건물을 사용하는 사람들은 그 건물이 하는 말을 이해해야 한다고 누가 말했더라. 숙안, 저 건물 좀 봐. 뭐라 말하는 것 같아?"

그의 손끝에 검은 빌딩이 솟아있다. 그는 딴청을 부린다.

그러지 마세요. 전 괜찮아요. 그래요, 우리의 삶도 끊임없이 무언가를 말하는 것이잖아요. 누군가에게, 또 다른 누군가에게 말이에요. 시인은 시로 말했고, 무녀는 죽을지도 모른다고 말했고, 어머니는 내게 아버지의 목숨을 내놓으라고 말했어요. 그리고 당신은 떠난다고 말했잖아요. 당신이 건네준 길리아는 내게 살아야 한다고 말하고 있었어요. 세상의 모든 이들이 오늘도 누군가에게 말하고, 또 말하고, 다시 말하며 질긴 삶을 이어가고 있죠. 기쁘든 슬프든.

무녀가 한 말이 사실이든 아니든, 그건 내 삶을 송두리째 휘저어 놓았지요. 그러나 길리아가 자라나 내 살점이 되었듯이, 당신이 그동안 내게 했던 말들이 등뼈 속 척수로 흐르고 있어요. 당신은 떠나더라도, 그것들은 오래도록 내 척수 속에서 살아 돌겠지요. 이별도 아픔도, 누군가에겐 삶의 모진 자양분이 될 수 있겠지요.

그녀 안에서 붉던 꽃잎들이 몸을 오므리고 있다. 찬바람에 하나둘 시들어 간다. 그녀의 가슴에서 무엇인가 뜯겨 나간다. 새로운 씨앗 하나를 흘린 채, 뜯겨 나간 것들이 휘청거리는 발걸음 사이로 천천히 떨어지고 있다. 주홍 길리아였다.

사칼린민들레

 바람에 흔들리는 사구의 풀들은 가을볕에 사위어 황금빛 파도처럼 일렁였다. 좀보리사초 군락 조사 현황표에 조심스레 식물들의 이름을 적어 내려갔다. 좀보리사초, 도꼬마리, 참새귀리…. 출현 종은 열세 종이었다, 그 사이로 가장 많이 자란 명아주가 무리지어 있었다. 나는 일일이 사진을 찍으며 기록을 남겼다.

 그러나 사칼린민들레는 어디에도 보이지 않았다. 목덜미를 스치는 찬바람이 서늘했다. 고개를 들어 강가를 바라보니, 흰 가운을 입은 조사원들이 멀리 낙동강 길섶에 내려앉은 흰 두루미처럼 고요했다. 그들은 낙동강 본류에 발달한 습지의 식물 분포와 강물 속 생물, 그리고 수질 오염 상태를 조사 중이었다. 2차 낙동강 생태보고서를 위한 중요한 작업이었다.

 지난주, 지도 교수님이 나와 이 선배를 불렀다. 영남 자연생태연구소에서 조사원 요청이 왔다며 함께 가자고 권했다. 다시 없을 좋은 기회였다. 연구 실적도 쌓고, 졸업 논문 준비에도 도움이 될 터였다. 이 선배는 고마움에 인사를 여러 번 반복했지만, 나는 병원에 입원한 엄마 생각에 마음이 무거워 쉽게 대답하지 못했다. 교수님은 참고하라며 1차 낙동강 생태보고서를 건넸다. 나는 무심히 보고서를 넘기다가 '사칼린민들레가 발견되지 않았다'라는 짧은 문장에 시선이 멈췄다. 그 한 줄이 나를 이곳으로 이끌었다.

조사 도구를 챙겨 사구를 빠져나올 때, 모래 먼지가 낮게 일었다. 갈수기를 맞은 하천은 이미 바닥을 드러내고 있었다. 문득 뒤를 돌아보았다. 조사구를 알리는 깃발이 꽂힌 삼각형의 사구가, 마치 모판을 싣고 먼바다로 떠나는 배처럼 아득하게 보였다.

갯버들과 갈대 군락을 조사하던 이 선배가 일을 마쳤는지 다가왔다.

"윤희야, 다 끝났니?"

나는 고개를 끄덕였다. 우리는 조사 현황표와 식물들을 하나씩 대조하기 시작했다. 토종 민들레인 안질방이가 드문드문 눈에 띄었다. 뿌리에서 곧장 땅에 붙어 누운 잎들이, 흰 관모를 드문드문 날리고 있었다. 나는 그제야 사칼린민들레가 떠올랐다.

북녘의 민들레, 흰털 민들레라 불리던 사칼린민들레는 1988년 강원대 생물학과 교수에 의해 태백에서 처음 발견되었다.

이어 경북대 교수가 채집해 보관했으며, 국립수목원의 국가생물종 분류·동정 확인까지 받았다. 중국과 러시아에서 자라는 다년초 식물로, 두세 줄기에 노란 꽃을 피웠다. 열매에는 침처럼 길게 뻗은 부리가 달려 있었고, 그 끝에는 회갈색의 관모가 나풀거렸다. 잎 뒷면에는 하얀 털이 촘촘히 나 있어서 그 생김새가 또렷이 구분되었다.

나는 다시 사구를 바라보며, 이 사라진 민들레가 언젠가 다시 이곳에서 피어나길 바라는 마음을 숨길 수 없었다.

"선배, 사칼린민들레가 왜 사라졌을까?"

"넌 사칼린민들레에 대해 집착 수준이야. 아마 다른 곳에 뿌리를 내렸는지도 모르지."

그는 내 생각을 환기시키려는 듯 안질방이를 가리켰다.

"민들레 종류 다 기억해?"

나는 안질방이를 내려다보며 생각나는 대로 민들레 이름을 불렀다. 한국 원산지인 산민들레, 노랑민들레, 흰노랑민들레, 흰민들레, 털민들레, 한라산에만 있는 좀민들레, 그리고 서울 전역에 퍼져 있는 유럽산 붉은씨서양민들레, 도시 근교의 서양민들레….

좀처럼 구분하기 어려운 민들레들. 아무도 관심을 보이지 않는 그 풀꽃들을 채집하던 학부 시절이 생각났다. 선배가 민들레를 채집하며 말했다.

"사람들이 모여 사는 것 같군. 같은 얼굴색에 같은 키에."
우리는 함께 웃었다.

임시 본부에는 이미 조사원들이 모여 있었다. 선배는 강물 오염 측정을 맡은 L에게 다가가 무언가 물었다. L이 시료병을 흔들며 심각한 표정을 지었다.

"강물에 유입되는 오염물질은 수만 종이야. 분석 기기로 조사하는 건 불가능해. 대신 저서성(底捿性) 대형 무척추동물의 종류를 분류해 보면 알 수 있지. 오염물질에 대한 영향을 직접 받거든. 현재 환경호르몬 때문에 붕어의 10%가량이 성전환을 했어."

"이 형, 식물들은 어때?"

"식물들은 죽음을 택해. 움직이는 것과 움직일 수 없는 것의 차이겠지."

나는 습지 생태 조사를 마쳤다고 생각하니 갑자기 긴장이 풀렸다. 몸이 으슬으슬 춥고 몸살 기운이 돌았다. 나는 회식 장소에 도착하자마자 슬쩍 빠져나와 숙소로 향했다. 병원에 전화부터 걸었다. 엄마가 막 잠들었다고 간병인이 말했다.

올봄이었다. 대학원 입학과 함께 조교 생활까지 겹쳐 내겐 아주 바쁜 시기였다. 그날도 수업이 끝나고 엄마가 있는 가게로 향했다. 막 가게 문을 열고 들어서는데 엄마가 문을 밀고 나오다 내 어깨를 부딪쳤다. 엄마는 나를 힐끗 쳐다보고는 급히 가게를 빠져나갔다. 나는 엄마를 불렀다. 엄마는 뒤도 돌아보지 않고 마침 달려온 택시에 올라탔다. 그렇게 입은 채로 나간 엄마는 다음 날 집으로 돌아왔다. 아주 초췌한 모습이었다. 엄마는 방으로 들어가 쓰러지듯 자리에 누웠다. 꼬박 이틀을 잠만 자던 엄마는 일어나자마자 밥에 물을 부어 거푸 입으로 밀어 넣었다. 나는 보다 못해 숟가락을 빼앗았다. 무슨 일이냐고 재차 물어도 엄마는 나와 눈도 맞추지 않았다. 나는 그날 일이 궁금해 날마다 엄마에게 물었다. 엄마는 말없이 고개만 저었다.

엄마는 끊임없이 말을 많이 하던 사람이었다. 종일 가게에서 듣던 음악 소리를 몸 안에 축적해 두었다가 말로 쏟아내는 듯했다. 입술을 움직일 때마다 음표들이 튀어나오는 느낌을 받은 적이 한두 번이 아니었다. 중년의 나이에도 소녀처럼 밝고 명랑했던 엄마가 하룻밤 사이, 갑자기 늙은 것처럼 보였다. 날이 갈수록 눈가의 그늘이 짙어졌고 입에선 단내가 났다. 심한 건망증마저 생겼다. 안경을 쓴 채, 안경을 찾았고 세금을 제때 내지 않아 연체 독촉장이 날아들었다. 일 년 가야 겨우 명절 하루를 쉬고 장사하던 엄마는 아예 가게를 점원에게 맡기고 집에서 나오지 않았다.

엄마는 종일 '샤오린'이란 뜻 모를 말을 중얼거리며 깊은 생각에 빠져들었다. 문득 "메이메이뻬이저 양와와." 한 소절의 노래가 안방에서 흘러나왔다. 한 달이 가깝도록 그 소절만 부르던 엄마는 드디어 나머지 가사를 드문드문 이어 불렀다. 그 멜로디는 동요처럼 쉽고 간단했다.

'메이메이뻬이저 양와와 저우따오화위엔 라이칸화 와와쿠러 쨔오마마 와쌍후띠에 씨아오하하'

(妹妹背着 洋娃娃 走到花园 来看花 娃娃哭了 叫妈妈 花上蝶蝶 笑哈哈)

'누이가 인형을 업고 꽃밭에 꽃을 보러 가네. 인형이 울며 엄마를 부르네, 꽃 위의 나비가 하하 웃네.'

엄마는 노래를 부르며 춤을 추듯 거실을 빙빙 돌았다. '하하'라고 할 때면 꽃이 피듯 활짝 웃었다. 그러던 엄마가 어느 날, 중국어를 배우겠다며 책을 한 아름 사 왔고 아예 중국어 선생을 집으로 불렀다. 성모, 운모, 59개의 자음과 모음을 외우는 데만 오랜 시간이 걸렸다. 드디어 엄마는 단어를 붙여 읽기 시작했다.

"칭 쭈오, 츠 판 러마, 꾸오짱 꾸오짱, 짜이찌엔…"

선생이 읽으면 엄마도 따라 큰 소리로 외었다. 소리는 엄마의 몸 안에서 활처럼 휘어 있다 튕겨 나왔다. 엄마는 습자지를 잘라 낱말을 적어 벽에 붙였다. 어느덧 거실의 벽은 중국말들이 너풀거렸다.

하루는 엄마가 벽 앞에 오래도록 서 있었다.

"엄마 뭐 해?" 내가 불러도 꼼짝도 하지 않았다. 가까이 가 보니 엄마는 종이를 한 장씩 떼어 입에 넣고 꼭꼭 씹고 있었다.

"엄마, 뭐 하는 거야?"

빼앗길까 두려운 듯 엄마는 손으로 입을 막았다. 꿀꺽, 삼키는 소리마저 들렸다.

"아예 먹어둬야 잊어버리지 않을 거야."

나는 가슴이 먹먹해졌다.

"엄마, 취미생활을 바꿔봐. 어려운 중국어 말고 헬스나 … 참, 노래하는 거 좋아했잖아."

나는 엄마의 표정을 살폈다. 흰 백지의 맛을 음미하는 듯했다.

"사람에 따라 갱년기 장애가 아주 심한 사람이 있대. 조울증도 오고. 치료받아 봐."

나는 엄마의 증상을 갱년기 장애라고 판단해 심기를 건드리지 않으려고 말마저 조심했다. 누구에게나 삶의 환절기는 오는 거라고 애써 엄마를 이해하려고 했다.

"날 좀 내버려 둬. 중국말을 꼭 배워야 해."

엄마는 말 못 하는 짐승, 아니 말하는 슬픈 짐승이 된 듯했다. 나를 물끄러미 바라보던 엄마가 말했다.

"니지쒜이?(你几岁?)"

나는 그냥 웃었다.

"니지쒜이?"

그 소리는 엄마의 먼 기억의 갈피 속에 숨어 있다 자신도 모르게 튀어나온 것 같았다.

"그게 무슨 뜻인데?"

엄마는 가만히 생각하다가 얼굴이 점점 일그러졌다. 자신이 한 말이 무슨 뜻인지 알지 못했다.

"엄마, 제발 가게 나가서 사람 구경도 하고 음악도 들어. 날마다 상가 사람들이 엄마 소식을 물어!" 나는 처음으로 짜증을 냈다.

벽에 붙여진 종이들은 만국기처럼 펄럭이며 함성을 지르는 듯했다. 종이들이 날아와 내 몸에 벌레처럼 달라붙는 꿈을 자주 꾸었다. 종이를 떼어내면 살점이 묻어나며 피가 흘렀다. 나는 꿈속에서 소리를 지르다 깨어나곤 했다. 새벽녘, 꿈의 잔영을 지우려고 오래 샤워를 했다. 나는 집안을 오가며 종이들을 한 움큼씩 뜯어냈다. 다음 날엔 어김없이 또 다른 종이가 붙여져 있었다. 몇 날 며칠, 줄다리기하듯 나는 종이를 떼었고 엄마는 붙였다. 나는 차라리 종이가 되어 벽에 붙어 있고 싶었다. 중국어는 엄마와 나 사이에 끼어 계속 삐걱거렸다. 엄마는 내 귀가 시간을 제한하며 조금만 늦어도 소리를 지르거나 눈물까지 보였다. 어떤 날은 나를 붙잡고 무조건 학교에 가지 말라고 문 앞을 막아서기도 했다. 막무가내 떼를 쓰는 어린아이 같았다.

"엄마, 속상해. 대체 왜 이러는 거야? 병원에 가 보자."

엄마는 들은 척도 하지 않았다.

밤새 신열에 뒤척이다 눈을 떴다. 노트북은 켜진 채였다. 어젯밤 늦게까지 자료를 정리하다 잠이 들었나 보다. 이마에 열이 느껴졌다. 자칫하다간 세미나에 늦을 것 같았다.

연구소 강당은 사람들로 꽉 차 있었다. 이미 지도 교수의 발표가 시작되었다.

식물상(相)은 앵글러(Engler)의 분류 체계에 따라 양치식물, 나자식물, 외떡잎식물, 쌍떡잎식물로 분류하고, 학명과 한국명은 대한식물도감에 따랐다. 식물의 생활형은 지상식물, 지표식물, 반지중식물, 지중식물, 수생식물로 구분 조사하였고, 귀화 구분, 식생 조사를 거쳤다. 본 조사구에서 얻어진 종 분류학적 식물상은 60과(科) 174속(屬) 227종(種) 40변종(變種) 2품종(品種)으로 총 269종이 조사되었다. 그중 귀화식물은 전체 출현 종의 8.55%, 23종이 출현했다. 남한 전역에 보고된 180종 중 13%로 비교적 적으며, 귀화식물 중 달맞이꽃과 개망초가 많다. 귀화식물은 국외와의 문화 교류와 도시화 및 산업의 발달과 밀접한 관계가 있으므로 이런 관점에서 조사하였다.

일반적으로 귀화식물은 그 지역 고유의 자연환경이 파괴된 입지, 즉 고유식물이 생육하기 어려운 환경 조건으로 변해버린 황폐지에 침투해 번성한다. 하지만 인(P)이 생장을 제한하기 때문에 많은 양이 고사 탈락(枯死脫落)했다. 사람의 영향을 받는 지역엔 비료, 세제, 생활 하수, 분뇨, 산업 폐수 등을 통해 엄청난 양의 인이 하천으로 유입·침적되기 때문이었다.

그러나 귀화식물의 출현 수치는 생태계의 교란 정도를 가늠하는 간접적 정보일 뿐이다. 일부 잡초도 나타났으나 빈도는 낮았다. 마지막으로 외부 영향 때문에 종의 생명이 위협을 받거나 개체 수가 감소할 때, 패취, 즉 생물 서식처의 파편화가 일어날 때는 자연 복원을 위해 인간의 간섭이 필요하다.

배후 습지 보호를 위한 람사 조약 가입과 천연기념물, 생태계 보호 구역을 지정해야 한다며 지도 교수는 끝을 맺었다.

다음 순서로 환경정책평가연구원에서 나온 K 박사가 습지 보전의 중요성을 강조하며 국외로 유출된 토종식물과 국내로 유입된 귀화식물을 보고하기 시작했다.

나는 맨 뒷자리에 앉아 간간이 들려오는 식물들의 이름을 들었다. 이미 모든 것이 혼재된 세상에서 학자들은 구분 짓고 분류하고 또 분류했다. 그런 속성에 갑자기 싫증이 밀려왔다. 나를 이곳으로 내몰았던 그 문장이 머릿속에서 다시 꼬리를 치켜들었다. 혹 내가 발견하지 못한 건 아닐까. 선배도 찾지 못했다고 했다. 습지 조사의 **빡빡한** 일정 때문에 행여 놓쳐 버렸다면…. 나는 슬며시 일어나 강당을 빠져나왔다. 가을 햇살이

엷게 퍼져 있는 건물 앞에 서서 나는 갑자기 망연해졌다. 어느새 뒤따라 나왔는지 선배가 나를 불렀다.

"선배, 교수님하고 먼저 가. 습지에 한 번 더 가봐야겠어."

그가 얕은 한숨을 내쉬었다.

"윤희야, 서울 가면 널 우리 집에 데려가려고…"

그의 말이 채 끝나기도 전에 나는 소리쳤다.

"선배."

너무 큰 내 목소리에 나 자신이 놀랄 지경이었다.

"미안해. 엄마가 입원 중이고…"

나는 더 핑곗거리를 찾지 못해 우물쭈물했다.

그는 잠시 생각하는 듯했다.

"사칼린민들레 찾으려고? 그럼 같이 찾아보자! 만약 찾는다면 생태 조사에 공헌하는 거지. 어서 가자. 해가 짧아."

그가 어느새 주차장으로 달려갔다.

그가 차에서 내려 성큼성큼 앞서 습지로 향했다. 나는 그를 부르려다 그 자리에 서고 말았다. 그는 내 마음에 이미 자리 잡고 있었다. 식물에 대한 열정을 보면서 '저 사람이라면,' 하고 생각했던 터였다. 그를 좋아한다고 말하고 싶었다. 그러나 그를 향해 마음이 달려가면 갈수록 뭔가 뒷덜미를 잡아당겼다.

그가 문득 걸음을 멈추고 뒤돌아섰다. 한참이나 나를 쳐다보고 서 있던 그가 뚜벅뚜벅 걸어오더니 나를 품에 그러안았다. 나는 온몸의 힘이 빠진 듯 꼼짝할 수 없었다.

우리는 습지를 낱낱이 훑어가며 하류 쪽으로 내려갔다.

"누이가 인형을 업고 꽃밭에 꽃을 보러 가네 ….".라고 중얼 대던 소리에 나는 깜짝 놀랐다. 엄마가 불러대던 그 노래 가사였다. 문득 가슴속에서 무엇이 출렁거려 목으로 넘어왔다. 내 몸에 중국인의 피가 흐르고 있다는 것을 그가 안다면 …

언젠가 그가 내게 물었다.

"넌 왜 식물들의 사생활이 궁금하지? 그것도 하필 사칼린민들레가? 그 식물 자료를 수집하는 거 봤어. 네 컴퓨터 창에도 사진이 있던데?"

나는 어떻게 대답해야 할지 몰라 당황했다.

"그냥. 그게 좋아."

그가 픽, 하고 웃었다. 순간 엄마의 말이 입안에서 맴돌았다.

"우린 중국 사람이야."

나는 무심코 그 말을 입 밖에 낼 뻔했었다. 나는 왜 그에게 당당히 말하지 못할까. 지금에 와서 그것이 무엇이란 말인가. 메이메이뻬이저를 부르던 엄마가 어디 좀 갔다 오겠다는 쪽지를 남기고 집을 나갔다가 닷새 만에 돌아왔다. 처음 있는 일이었다.

"어디 갔었어? 전화기도 안 갖고 가면 어떡해?"

나는 엄마가 돌아온 것에 안심하면서도 소리부터 질렀다.

눈물이 왈칵 쏟아졌다.

엄마는 시장에 잠깐 다녀온 사람처럼 무심히 여행 가방을 내려놓았다.

"중국에 갔었다."

나는 '중국'이라는 소리에 공연히 가슴이 내려앉으며 화가 치밀었다. 모든 게 다 중국어 때문이라는 생각이 들었다.

"엄마, 중국말에 중국 여행까지? 되지도 않는 중국말, 이젠 듣는 것도 지겨워. 그만 좀 하란 말이야. 그까짓 중국말에 매달리지 말고 차라리 연애라도 하지 그래?"

엄마가 성큼성큼 다가왔다.

"그까짓 중국말?"

엄마가 불같이 나를 쏘아보았다. 그토록 섬뜩한 눈빛은 처음이었다.

"난 중국 사람이다."

엄마는 정말 아무렇지도 않게 말했다. 나는 그 말이 무슨 뜻인지 알아듣지 못했다. 그 말은 애초에 세상에 없던 언어가 처음으로 태어난 것처럼 들렸다. 수백 년을 땅속 깊이 묻혀 있던 식물의 싹이 이제야 발현된 것처럼.

나는 엄마가 기어이 미쳤다고 생각했다.

"내 나라에 가서 뭐든 확인하고 싶었어. 가서 살다 보면 곧 적응이 되겠지. 우린 중국 사람이니까."

'우리?' 우리라는 단어가 내 얼굴을 후려쳤다.
"엄마, 무슨 말을 하는 거야? 말도 안 돼."
나는 어이가 없어 입도 다물지 못한 채 엄마를 멍하니 쳐다보았다.

엄마는 내가 놀라 당황하는 것엔 전혀 상관이 없다는 듯 조용히 말을 이어나갔다.

"티엔샤오린(田小林)이 내 이름이었어. 내 이름을 정답게 부르던 아버지 목소리가 들리는 것 같아. 네 할아버지, 할머닌 일제 말, 고아들이었다."

엄마의 목소리가 점점 떨려 나왔다. 그 소리는 마치 라디오에서 흘러나오는 나레이터의 소리 같았다.

그들은 중국 각지를 떠돌아다니다 배가 고파 무작정 두만강을 건너 한국에 왔다. 그들은 한국말을 알아듣지 못했고 중국말은 통하지 않았다. 입만 떼면 사람들이 '짱꼴라' 하며 덤벼들어 때리곤 했다. 그들은 살아남으려고 벙어리 흉내를 내며 남쪽으로 내려왔다. 어떤 기회에 장사를 시작했다. 쉬 상하지 않는 건어물 등을 팔며 전국을 돌아다녔다. 먹지도 입지도 않고 억척스럽게 돈을 모아 다시 중국으로 돌아갈 날만 고대했다.

육이오 전쟁이 한창이던 그때, 온 나라가 불안과 고통에 휩싸인 채 시간이 흘렀다. 전쟁이 서서히 막바지에 다다를 무렵, 마침내 그는 어렵사리 딸을 품에 안았다. 전쟁이 휴전으로 바뀌자, 고국으로 돌아가는 길은 점점 더 희미해지고 멀게만 느껴졌다. 딸이 어느덧 다섯 해를 넘기고 있었다.

메이메이뻬이저 양와와 …. 아이는 중국 동요를 부르며 친구들과 뛰어놀았다. 아이들이 '짱꼴라'라고 놀렸고 어떤 아이는 돌까지 던졌다. 그 후, 아이는 밖에 나가려 하지 않았다.

아버지가 아이를 잡고 말했다.

"아가, 넌 중국 사람이야."

아이가 물었다.

"중국 사람이 뭐야?"

아버지는 아이의 말에 허탈해졌다. 한국에서 중국 사람으로 사는 것은 힘들었다.

아버지는 아무것도 모르고 자라는 아이를 한국 사람으로 살게 해야겠다고 결심했다. 아이에게 수림이라는 새 이름을 지어 주고, 그들이 강을 건너 처음 밟은 땅, 함경북도 새별이 고향이라고 가르쳤다. 어른이 되면 꼭 중국으로 돌아가라는 말을 아이에게 하며 눈물을 감췄다.

그들은 곧 낯선 땅의 또 다른 골목으로 자리를 옮겼다. 중국어를 버리고, 어떻게든 한국말을 입에 붙였다. 아이가 우연히 중국 동요를 흥얼거릴 때면, 부모는 엄하게 꾸짖었다. 그렇게 아이는 차츰 중국말을 잃어갔다.

시장은 그들의 생명이었고, 건어물 가게는 그가 세운 작은 터전이었다. 열네 해의 계절을 지나 겨울 첫 추위가 온 그날, 부모는 연탄가스에 숨을 빼앗기고 말았다. 그들의 생은 그렇게, 무심한 겨울바람 속에 홀연히 꺼져버렸다.

엄마는 섧게 울고 나더니 코를 풀었다.

"난 혼자 살아남았어. 기가 막혔어. 다행히 담임 선생님의 도움으로 장례도 치르고 가게도 정리할 수 있었지. 고등학교를 졸업하곤 너무 외로워 무조건 장사를 시작했어. 적막한 게 얼마나 끔찍한지 아니? 그래서 음악을 택한 거야. 사람들이 북적이는 곳이면 됐어. 그래야 덜 외로울 것 같았어.

그날 난 가게를 뛰쳐나가 어릴 적 살던 대구에 가 부모님 산소를 찾았어. 왜 그때 조선족 아가씨가 우리 가게에서 알바를 했잖아. 그날따라 아가씨가 고향에 전화하는데 작은 소리로 중국말을 하는 거야. 전화를 끊고는 무슨 좋은 일이 있는지 싱글거리며 노래를 하기 시작했어. 그 아가씨가 가끔 중국어 가사를 흥얼거리는 데 낯설지 않았어. 그전부터도 그 아가씨 노래를 들으면 이상한 기분에 사로잡히곤 했지.

아가씨를 붙들고 그 노랠 다시 해보라고 했어. 그랬더니 아가씨가 놀라 입을 다물어 버리는 거야. 메이메이뻬이저 … 세상에, 어떤 기억이 머릿속으로 번개처럼 스쳤어. 그게 뭘까, 뭔가 생각날 듯하다 도무지 생각나지 않았어. 부모님과 살던 곳에 가면 뭔가 기억이 날 것 같았지. 가 보니, 우리 가게도 없어지고 온통 거리가 변해 알아볼 수도 없었어.

집에 돌아오며 고속버스 안에 앉아 그 사람 생각을 했다. 네 아버지 말이야. 난 그 사람을, 정말이지 다 잊었다고 생각했다. 그런데 어쩜 그렇게 보고 싶던지 … 엄마는 또 울기 시작했다. 그 사람 한 번만이라도 봤으면 ….

그 사람은 우리 가게 단골손님이었어. 늦은 시간까지 헤드폰을 끼고 오래도록 음악을 듣곤 했지. 그가 듣는 음악은 주로 오페라였어. '나비부인'이나 '라 보엠', '라 트라비아타'였지. 존 서덜랜드라는 여가수를 좋아했어. 그렇게 일 년을 넘게 가게를 드나들었어.

하루는 그러더라. 군대 가게 됐는데 가게 문 닫지 말라고, 휴가 나오면 꼭 오겠다고. 그 사람은 휴가 내내 아예 가게에서 살다시피 했어. 제대하고 복학을 하고, 그러던 어느 날, 그 사람은 헤드폰을 낀 채, 아리아를 따라 부르기 시작했어. 처음엔 흥얼거리다가 점점 크게 부르는데 목소리가 아주 청아했지. 어느새 그 사람이 막 흐느껴 울었어.

알고 보니 그 사람은 음대에 들어가 오페라 가수가 되는 것이 꿈이었지만 부모의 반대가 심했어. 그 사람이 모아놓은 레코드판을 다 불살라 버렸대. 참 안 돼 보였어. 그날 우린 가게에서 밤을 보냈어. 그게 마지막이야."

 엄마는 그 사람이라는 말을 할 때면 꿈꾸는 듯한 표정을 지었다. 나는 더 듣고 싶지 않았다.
 "엄마, 그만해. 엄마는 그 사람과 사랑에 빠지고 혼자 나를 낳아 이제까지 살았고. 뭐 그런 삼류 드라마가 다 있어?"
 나는 야멸차게 일축해 버렸다. 엄마, 아버진 내가 태어난 해에 돌아가셨다고 했잖아? 갑자기 중국 사람이라고 했다가 이젠 아버지까지? 무슨 말을 하는 거야?
 "미안해, 윤희야 네가 상처받을까 봐 아버지 얘긴 숨겼어. 난 그 사람을 기다리고 있었다는 걸 깨달았어. 네가 태어난 줄도 모르는 그 사람이 안타까울 뿐이야."
 나는 한없이 무력해졌다. 엄마 입에서 어떤 말이 더 튀어나올지 두려웠다. 나는 도망치듯 내 방으로 들어와 침대에 엎어졌다. 잠이 오지 않았다. 밤새도록 중국인과 아버지가 머릿속을 휘젓고 다녔다.
 다음 날, 나는 아침 일찍 집을 빠져나왔다. 엄마와 마주치고 싶지 않았다. 종일 어떻게 시간이 갔는지 몰랐다. 학교 운동장을 수없이 돌다가 연구실로 돌아왔다. 나는 불도 켜지 않은 채, 의자에 우두커니 앉아 있었다. 나는 생각을 해야 했다. 그러나 무슨 생각을 어떻게 해야 좋을지 몰랐다.

누군가 연구실로 들어서며 불을 켰다. 선배였다.

"어두운 데서 뭐 하니? 나가자, 저녁 사줄게."

그가 다가와 내 손을 잡아끌었다. 나는 그와 마주 앉아서도 엄마의 말만 곱씹고 있었다. 그를 보는 것이 왠지 거북했고 친숙했던 그가 갑자기 낯설어 보였다. 그는 무슨 말을 하려는 듯 입술을 달싹거렸다. 나는 얼른 고개를 숙였다.

잠시 후, 그가 자리에서 일어섰다. 가자. 침울한 그의 목소리가 내 정수리로 떨어졌다. 집까지 바래다주는 동안 말이 없던 그가 걸음을 멈췄다.

"윤희야, 널 좋아해. 부모님이 널 보고 싶어 하셔."

나는 당혹스러웠다. 왜 하필이면 이때… 나는 그가 야속하기까지 했다.

중국에 갔다 온 후, 엄마의 중국어 공부는 더욱 치열해졌다. 충격이 가시면 다시 본래의 모습으로 돌아가리라 믿었던 나의 믿음은 깨지고 말았다. 나와 마주치기만 하면 중국으로 돌아가자고 몰아세웠다.

"넌 중국인이야, 가게 팔려고 부동산에 내놨다."

"설마? 엄마, 가게까지? 안 돼!"

나는 고함을 질렀다.

"엄마와 내가 그곳에서 보낸 시간을 생각해 봐. 그걸 고스란히 버리겠다고? 엄마, 난 한국 사람이야, 어떻게 내가 중국인이야?"

"……"

"대체 무엇으로 중국인이란 것을 증명할 수 있어? 혹시 엄마가 착각하는 것 아냐? 어릴 때의 기억을 어떻게 믿을 수 있어?"

나는 숨도 쉬지 않고 내뱉었다.

"알고 보니 호적이 정리돼 국적이 바뀌었더라. 윤희야, 날 이해해 줘. 돌아가고 싶어. 아버지 말대로 뿌리도 찾고 싶고. 너 하나 보고 여태 살았지만, 너도 이젠 다 컸고 난 지쳤어."

엄마는 자신이 무엇을 원하고 있는지조차 모른 채, 오로지 떠나야만 한다는 강박중에 시달리는 것처럼 보였다. 나는 몹시 피곤을 느끼면서도 엄마를 어떡하든 설득해야만 한다는 생각에 쫓겼다.

"엄마, 중국에서 받아줄 것 같아? 그 사람들이 엄마의 증빙서류를 인정할 것 같냐고? 일제 전부터 대대로 살던 조선족들에게도 거류중도 잘 내주지 않는대. 엄마가 돌아간다 해도, 또 귀화인이야. 할머니, 할아버지, 엄마도 이미 중국 국적을 버린 한국인이야!"

"윤희야, 난 그런 거 몰라."

"그럼 어떻게 해야 한다는 거야?"

엄마와 나는 말다툼을 멈추지 못했다. 그 순간, 나는 비로소 깨달았다. 내가 맞서 싸우는 상대는 엄마가 아니라, 엄마가 선택한 중국이라는 거대한 그림자와 함께 싸우고 있다는 것을. 그 무게에 나는 점점 무기력해져 갔다.

엄마에게 다가가 손을 잡았다. 엄마가 무너지듯 내게 쓰러져 서럽게 울기 시작했다. 엄마의 작은 어깨가 들썩거렸다. 나는 불현듯 입속으로 중얼거렸다. 중국인 엄마. 그 말은 왠지 서글프게 들렸다. 가슴 속에서 무엇인가 날카롭게 신경 줄을 긁었다.

어쩔 수 없이 내 속의 생경하고 낯선 존재와도 처음으로 대면하는 순간이었다. 나는 알 수 없는 심한 박탈감에 내몰렸다. 내 존재의 진실과 내 가장 가까운 사람의 진실을 받아들이는 데는 시간이 필요했다.

나는 순간 지푸라기라도 잡는 심정으로 그 사람을 떠올렸다. 만약 그 사람을 만난다면 … '엄마, 그 사람이 ….' 나는 말을 하려다 입을 다물었다. 의문이 들었다. 그 사람이 엄마를 정말 사랑했을까. 왜 그동안 한 번도 엄마를 찾지 않았을까.

꿈 못 이룬 나약하고 자기 연민에 도취한 방랑자 그 사람. 음악이라는 배경 속에 엄마를 세워 두고 그 풍경을 사랑했던 건 아닐까. 엄마는 그 사람과 함께 듣던 오페라의 비극적 사랑의 여주인공이 되어 애절한 멜로디에 속았던 거겠지.

나는 내 삶에 아예 존재하지 않던 아버지가 그다지 그립지 않았다.

엄마가 중국인이라는 것을 깨닫는 순간, 생의 시간 속에 가라앉아 있던 억압된 기억이 한순간에 떠올라 엄마를 온통 점령해 버렸다. 엄마는 한 세계를 완강히 부인하며 꿈꾸듯 다른 세계의 문을 열고 들어가 나오지 않았다.

그동안 엄마에게서 중국인이라는 자각의 어떤 기미도 없었다. 가끔 오페라를 듣곤 했다. 아리아를 부르는 소프라노와 테너 가수의 목소리에 간혹 울음소리가 섞이면 엄마는 눈물을 흘렸다.

"엄마, 또?"

소녀 같기는, 하며 나는 엄마의 옆구리를 살살 긁었다. 간지럼을 잘 타는 엄마는 어느새 까르르 웃으며 옷소매로 눈물을 닦았다. 이제 생각하니 그 사람을 떠올렸던 것이 분명했다.

엄마는 나의 아버지를 그 사람이라고 꼭 지명해 불렀다. 그 사람이라는 소리는 그저 막연한 사물을 지칭하는 것처럼 들렸다. 엄마는 그 사람이 떠나자, 본능적으로 전혀 새로운 '그 사람'이라는 허상을 창조해 냈던 것은 아닐까. 긴 세월 동안 근간도 없는 허상에 사랑이라는 이름으로 물을 주고 그리워하며 온통 기대어 살았는지도 몰랐다. 나는 그 사람을 찾아내고 싶었다. 당신이 버린 엄마를 보라고.

나는 노란 꽃이 보일 때마다 행여 하는 마음으로 다가가 살폈다. 그도 민들레 사진을 찍기도 하며 꼼꼼하게 관모와 수과를 살폈다.

"선배, 여기서 만약 사칼린민들레가 뿌리 내려 자랐다면 토종 민들레와 뭐가 다를까?"

나는 숨을 멈추고 그의 기색을 살폈다.

"다르지 않아. 우리는 저것을 식물이라는 대상으로만 인식하고 식물관찰자로 있어야 해. 누구도 식물 사생활에 개입할 수 없어. 눈앞에 피를 흘리고 죽어가는 사람을 구하러 뛰어가기보다 카메라를 냉철하게 들이대는 종군기자처럼."

그의 말에 나는 참았던 숨을 가만히 내뿜었다.

어느새 습지 끝이었다. 우리는 지쳐 모래흙 위에 털썩 주저앉았다. 시월 오후의 짧은 햇살이 우리의 그림자를 길게 늘여 놓았다. 처음 이곳에 도착했을 때보다 습지의 빛깔은 더 바래져 비감의 기운마저 띠었다. 바람이 불 때마다 풀잎들이 흔들렸다. 바람이 있으므로 풀잎들은 비로소 제 몸의 소리를 냈다. 아니 바람은 풀잎을 흔들어서야 자신의 존재를 알렸다.

나는 습지 어느 한 곳에 눈길을 주었다. 유독 가을빛을 머금은 듯 검푸르게 강가에 펼쳐진 달뿌리풀 군락이었다.

"개척자 식물이야."

그가 내 손끝을 따라 고개를 돌렸다.

"그렇군. 저 녀석들은 기특하게도 퇴적층에 침투해 하천 바닥을 그물모양으로 뒤덮어 버려. 강물의 속도를 늦추고 퇴적을 촉진하지."

우리는 동시에 어떤 풍경을 떠올리며 마주 보았다.

시험이 다가오면 함께 잔디밭에 앉아 말 이어가기로 공부하곤 했다.

"물길이 달라졌구나. 매년 땅이 높아지며 강은 반대편으로 넘실거리고, 그리하여 오히려 생태계의 자원들이 고스란히 보존된다네. 강물도 마치 살아 숨 쉬는 생명체처럼, 끊임없이 꿈틀거려야만 하니 말이야. 그러나 사람들이 땅을 차지하며 강의 활동 영역인 범람원을 많이 잃었고, 그래서 이제 강물은 인공 제방 안에서만 흘러갈 뿐, 자연의 흐름을 막아 유기물의 순환을 막고 말았지. 그렇게 흘러간 영양분들은 바다로 곧장 빠져나가며, 그것이 바로 적조 현상의 원인이라네. 적조는 마치 사람의 소화기관이 영양분을 흡수하지 못하고 설사하듯, 바다가 영양분을 제대로 품지 못하는 고통과도 같아.

윤희야, 이곳의 생물들은 상호작용을 해서 꾸준히 안정된 생태계를 형성하고 있어. 우린 자연을 겸허하게 생명 중심으로 바라봐야 해. 네게 무슨 일이 있든 네 존재를 넘어설 수는 없어. 저 풀꽃 하나가 나고 자라는 것도 기적이야."

그랬다. 풀꽃들의 자리는 엄연했다. 수생식물들의 잔상이 눈망울에 떠다녔다. 그것은 물속이나 물의 중요한 기질을 갖는 곳에서 발아했고 생환(生環)의 어떤 기간은 완전히 물속에서 지냈다. 나자스말, 붕어마름, 검정말…. 뿌리가 바닥에 고착돼 있지 않아 물결에 따라 흔들렸다.

한기가 몰려왔다. 나는 몸을 떨며 어깨를 잔뜩 움츠렸다. 입술에 부풀었던 열꽃이 터져 진물이 흘렀다. 그가 내 입술 열꽃자리에 손가락을 가만히 갖다 대었다. 엄마의 앙상한 손이 떠올랐다.

내가 이곳에 내려오기 닷새 전, 엄마는 정신을 잃고 쓰러졌다. 엄마는 그날도 벽에 붙여진 종이를 손으로 짚으며 중국어를 읽어나갔다. 어느 것은 떼어냈고 어느 것은 입에 욱여넣었다. 목소리에 울음이 무겁게 매달려 있었다. 종잇장들이 공중에서 회전하다 바닥으로 내려앉았을 때 엄마도 힘없이 무너져 내렸다. 나는 구급차에 앉아 뼈만 앙상한 엄마의 손을 잡았다. 지독한 외로움이 전신을 훑고 지나갔다.

의사는 엄마가 신경쇠약에 탈진까지 겹쳤다고 말했다. 회복실에서 정신이 든 엄마는 마침내 기억났다는 듯 힘겹게 입을 뗐다.

"윤희야, 뭣보다 슬픈 건 아무리 중국말을 외우고 외어도 다 잊고 마는 거야. 도무지 몸도 예전 같지 않아. 뭔가 내 속의 창자를 모조리 긁어낸 것 같아."

엄마는 병실로 들이친 햇살도 무거운 듯 눈을 감고 다시 잠이 들었다.

휴대전화 수신음이 작게 들려왔다. 그가 나의 배낭을 찔렀다.

"네 전화야."

나는 급히 배낭을 열어 전화기를 찾았다.

간병인이었다.

"학생, 언제 와요? 엄마가 정신이 이상한 것 같아요. 날마다 병원 옥상에 올라가 알아들을 수 없는 말만 해요. 어떡해요? 학생, 빨리 왔으면 좋겠는데. 병원에선 그런 엄마에게 수면제만 먹이고 참, 그리고 엄마가 뭐라고 라 라, 하고는 통 말을 안 해요!"

전원이 다 되어 전화가 끊어지고 말았다. 눈앞이 부옇게 흐려졌다. 엄마. 나는 속말을 눈물과 함께 목으로 넘겼다.

어깨에 걸쳤던 그의 점퍼를 내리며 일어섰다.

"이제 가야겠어."

그도 따라 일어섰다. 그의 발그림자 뒤로 작은 가랑잎이 굴러갔다. 나는 그가 점퍼를 입는 동안 고개를 숙이고 무심히 가랑잎을 바라보았다.

저만치 가랑잎이 멈춘 자리에 얼핏 무엇인가 보였다. 자갈 사이로 보이는 이파리는 거의 흙에 묻혀 보일 듯 말 듯, 옆으로 쓰러질 듯 가는 줄기에 매달린 희뿌연 것들이 점점이 흩어지고 있었다. 나는 얼른 그 앞으로 다가갔다. 자세히 들여다보니 회갈색 관모가 하나, 둘씩 바람을 타고 날아올랐다. 나는 멍하니 그것이 날아가는 방향을 바라보았다.

가벼운 몸피는 나비처럼 팔랑거리며 공중에 유연한 곡선을 그렸다. 순간 나도 모르게 그것을 잡으려고 다가가 손을 뻗쳤다. 그가 뒤에서 내 팔을 잡았다. 나는 민들레 앞에 무릎을 꿇고 이파리를 뒤집어 보았다. 잎 뒷면에 성글게 난 흰털은 사칼린을 뿌린 듯했다.

"선배, 사칼린민들레야."

그도 이파리를 이리저리 살폈다.

"드디어 찾았군. 사칼린민들레가 사라진 게 아니었어. 내년 봄에 다시 와 봐야겠는걸. 얼마나 번식했는지 말이야."

관모가 날아간 하늘을 쳐다보며 그가 말했다.

나는 이파리에 붙은 흙을 털어내곤 뿌리 부분의 흙을 북돋았다. 주위에 있는 잡초를 뽑고 자갈도 들어 멀리 던졌다.

'워스쭝궈런(我是中國人)'

엄마의 목소리가 귓가에 맴돌았다. 심장이 마구 뛰어 가슴을 쓸어내렸다. 엄마가 피워낸 사칼린민들레는 어느 하늘을 날다가 이곳에 떨어진 것일까. 회갈색 관모가 엄마의 영혼처럼 느껴졌다. 나는 엄마의 영혼이나마 이 땅에 뿌리내리기를 바랄 뿐이었다. 엄마는 여전히 고향을 그리워할 것이다. 그 사람, 아버지를 그리워했듯이.

그리움은 극복되는 것이 아니다. 사라지거나 잃어버리는 것도 아니다. 그것은 가슴 속 깊이 숨어 있다가 바람이 불면 민들레 씨앗처럼 다시 풀풀 날아오를 것이다.

그가 민들레 주위를 돌며 사진을 거푸 찍었다. 카메라 셔터 소리에 내 속에 엎드린 관모가 날아올랐다. 어느 날 갑자기 엄마가 내민 생경하고 당혹스러운 존재였다. 내 의식은 그것으로부터 아예 자유로울 수는 없을 것이다. 그러나 내 몸은 반쪽의 존재를 기억할 수 없다.

민들레 관모 사진을 보았다. 카메라 창을 손가락으로 쓸었다. 언제 보아도 그것은 닻을 연상시켰다. 그가 사진을 보더니 말했다.

"아주 잘 나왔는데."

나는 고개를 들어 그를 마주 보았다.

"선배, 지금 난 엄마와 함께 투병 중이야. 환절기잖아. 환절기."

그 말이 민들레 관모와 함께 날아가고 있었다.

쉿, 기억은 여기 없어요

 그날, 나는 수업 시간에 쓰러지고 말았다. 칠판의 글씨가 아물거리더니 더는 보이지 않았다. 그리고 정신을 잃었다. 눈을 뜨니 양호실이었다. 양호 선생님은 내가 한 시간가량 정신을 잃고 있었다고 했다. 나는 주섬주섬 일어났다. 어지럼증이 있었으나 견딜 만했다. 마지막 수업이 끝나자 담임 선생님이 반장과 함께 양호실로 오셔서 내게 말씀하셨다.
 "집에 가자. 데려다줄게."
 선생님은 내 이마를 짚으셨다. 선생님과 반장과 함께 택시에 탄 나는 불안이 밀려오기 시작했다.
 아침 일찍, 직장에 가기 전 엄마에게 기성회비를 가져가야 한다고 말했다. 그러나 엄마는 들은 체도 하지 않았다. 나는 밀린 기성회비를 어떻게든 가져가야 한다는 강박 때문이었을까, 수업 시간 내내 가슴을 졸이며 앉아 있었다.
 엄마는 방 안에 앉은 채, 우리가 들어서자 갑자기 욕을 하기 시작했다. 그러자 선생님이 말했다.

"수업 중에 정신을 잃었어요. 병원에 한 번 데리고 가 주시죠. 양호실에서 정신 차린 아이를 데리고 왔습니다."

선생님은 조용히 일어나 밖으로 나갔다.

다음 날, 학교에 가니 반장이 내게 슬며시 다가왔다.

"너희 엄마 계모지?"

나는 잠시 생각한 뒤 고개를 끄덕였다. 여러 가지 생각이 머릿속을 스쳐 지나갔다. 친엄마라고 하면 '어째 그러냐'는 질문을 듣고 싶지 않아서 그렇게 대답한 것이다. 어쩌면 그것이 더 나은 답일지도 몰랐다.

담임 선생님의 호출이 있었다. 교무실에 들어가 나는 죄인처럼 고개도 들지 못했다. 선생님은 내게 편지와 봉투를 내밀며 물으셨다.

"그 방에 있던 책은 누구 거지?"

"아빠 책입니다."

"네가 그냥 참아. 그리고 이제부터 학교에 같이 다니자."

선생님은 미아리에서 자취하고 계셨고, 나는 돈암동에 살고 있었다. 그해 선생님은 동아일보 신춘문예 평론 부문에 당선되어 등단하셨고, 야간에 우리 학교에서 국어를 가르치셨다. 지금은 서울대 명예교수로 계신 J 선생님이시다.

담임 선생님이 건네준 편지에는 이렇게 적혀 있었다.
'자살이란 우주에 던지는 질문이다.'
우주에 던지는 질문. 그 말은 가슴에 와서 별처럼 박혀버렸다. 저 우주를 향해 나는 무엇이라 말해야 할까. 무엇을, 어떤 말을 해야 우주는 알아들을까. 죽음이라는 질문을 던져야만 비로소 대답해줄 것인가.

선생님은 내가 생을 놓았다는 것을 어떻게 아셨을까. 또 차비가 없다는 것을 어떻게 아셨을까.
나의 전학을 받아들이고 반을 배치한 선생님은 가정을 맡은 선생님이었다. 나이 지긋하고 교무주임을 맡았던 선생님이었다.
그 선생님은 여러 가지로 나를 검토한 결과 '이 학생은 J 선생님에게 보내야겠다.'고 생각했고, 나를 그 반으로 배정했다고 가정 선생님은 나중에 내게 말해 주었다.
나는 선생님이 주신 회수권을 껴안고 어찌하든 살아내야 했다.
이때쯤이었을 것이다. 담임 선생님 책상 건너편에 작문 선생님이 계셨다. 그분은 일찍 등단한 M 시인이었다. M 시인이 나를 불렀다.
"너, 나 좀 도와줄래? 이번에 시집을 내게 됐는데 출판기념회에 맞춰 초대장을 보내야 하거든. 우리 집에 와서 도와줄 수 있지?"

나는 기뻤다. 시인의 집에 가 보는 것도 좋았고, 시집을 내는 데 조금이라도 도움을 드릴 수 있어 많이 기뻤다.

작문 수업 시간이었다. 선생님은 칠판에 "麥夏(맥하)"라는 두 글자를 크게 쓰셨다. 서정주 시인의 시 제목이었다. 그리고 시를 써 내려갔다.

선생님은 맥하라는 주제로 작문을 해 보라고 지시했다.

나는 곰곰 생각했다. 어린 시절 방학이 되면 방학 숙제를 위해 신흥사에 갔다. 거기서 메뚜기도 잡고 잠자리도 잡았다. 그리고 동네 아이들과 함께 깜부기라는 풀을 따서 빨아먹었다. 모두 입안이 새까매졌고, 그 까만 물은 며칠 동안 빠지지 않았다. 나는 그 기억을 떠올리며 작문을 지었다.

선생님은 내 작문이 아주 훌륭하다며 앞에 나와 반 아이들 앞에서 읽으라고 하셨고, 반 아이들에게 말했다.

"작문은 이렇게 하는 것이다."

그때부터 M 시인과 나는 친해졌다.

M 시인의 집은 학교 근처였다. 나는 M 시인의 집으로 가서 열심히 초대장에 주소를 썼다. 정성스럽게 썼다. 그러는 동안 시인은 외출하였고, 집에는 할머니와 아이들과 일하는 언니가 있었다.

밤이 되었다. 일을 끝내고 나오려는데 현관에 벗어놓은 내 구두가 보이지 않았다. 교복과 함께 신어야 하는 구두였다. 만약 구두를 못 찾는다면… 걱정부터 앞섰다. 나는 현관 앞에 서서 어쩔 줄 몰라 했다.

그 집 할머니는 걱정하며 내게 물었다.

"학생, 구두값이 얼마니?"

"천육백 원이에요."

구두를 못 신으면 학교 정문에 서 있는 훈육 담당 언니들한테 걸릴 게 뻔했다. 나는 벌써 엄마에게 말해도 될지 걱정하고 있었다. 구두를 다시 사줄 사람은 없었다.

나는 할 수 없이 실내화를 가방에서 꺼내 신었다. 할머니가 오시더니 내게 천육백 원을 손에 쥐어 주셨다.

"학생, 어서 가지고 가. 늦었어."

나는 할 수 없이 돈을 받고 말았다. 천육백 원은 그 당시 금강제화에서 파는 구둣값이었다.

다음 날, 학교에 갔다. 수업 시간에 호출이 왔다. 교무실에 가니 작문 선생님, M 시인은 화가 난 듯 책상 앞에 서 계셨다.

"선생님, 부르셨어요?"

선생님은 대뜸 큰 소리로 말했다.

"너 그렇게 안 봤는데, 실망이 크다. 구두 잃어버린 건 잃어버린 거고, 어떻게 할머니에게 돈을 달래서 받아 가?"

나는 당황했다. 그리고 곧 알아들었다. 그때까지 구두를 안 샀으니 얼마나 다행한 일인가. 나는 주머니에서 천육백 원을 내놓으며 말했다.

"죄송합니다."

선생님은 얼른 돈을 채어 서랍에 넣었다.

"가 봐."

나는 돌아서서 나오는데 뒤통수가 왠지 따가웠다. 수많은 생각이 지나갔다. '내가 잘못한 걸까. 엄마가 구두 살 돈을 준다면 내가 왜 할머니가 주는 돈을 받았겠어. 그럼 어떡하지? 이 허술한 실내화를 신고 다녀야 하나?' 복도를 걸으며 눈앞이 흐려졌다. 나중에 안 사실이지만 그때 담임 선생님이 그 앞에 앉아 우리의 대화를 듣고 계셨다고 했다.

며칠 후, 또 호출이 왔다. M 시인이었다. M 시인은 내게 누런 봉투를 내밀었다. 나는 그것을 열어보았다. 내 구두였다. 뒤축에 덧댄 가죽이 양쪽 다 뜯어진 채로 가지런히 누워있었다.

"우리 집 일하는 아이가 아마 구두가 탐이 났나 봐. 네 구두를 가져다가 뒤축을 뜯어 다락에 숨겨 둔 걸 오늘 찾았지, 뭐냐?"

나는 어이가 없었다. 나는 가만히 봉투에 구두를 넣어 선생님께 다시 드렸다.

"선생님, 그 처녀가 얼마나 구두를 신고 싶었으면 이렇게 했겠어요. 그냥 그 처녀에게 도로 갖다주세요."

선생님은 대뜸 내 등을 두드리며 말했다. 웃으며 말했다.

"넌 역시 멋진 애야. 하하하."

다시 책상 밑으로 그 봉투를 밀어 넣는 선생님을 보며 인사하고 나왔다.

복도를 걸으며 생각했다. 이건 또 뭘까. 나는 가슴이 아팠다. 어어, 하는 사이 나는 할머니에게 돈이나 뜯어내는 사람이 되었고 그 시인에겐 나쁜 이미지를 심어주게 된 것이다. 그 '일하는 처녀'의 얼굴이 떠올랐다. 그 구두를 몰래 가져다가 뒤축에 덧댄 가죽을 뜯어낼 때, 그 처녀의 심정은 어땠을까. 얼마나 손이 떨리고 가슴이 떨렸을까.

훔쳤다는 것을 감추려고, 다른 신발처럼 보이게 하려고 구두 뒤축의 가죽을 뜯어서 몰래 다락에 감추어 둔 그 처녀. 혹시 그 집에서 혼나고 쫓겨난 것은 아닐까. 나는 이런저런 생각을 하며 복도를 걸었다.

M 시인의 어떤 면을 본 것도 같았다.

그저, '우리 집 왔다가 신발 잃어버렸으니 어떡하니?' 맘에 없는 소리라도 해 줬으면 얼마나 좋았을까. 그러면 내 마음도 금방 풀어졌을 텐데.

나중에 시집이 출간돼 교무실에선 축하 파티를 했던 것 같다. 그때 내가 왜 교무실에 갔는지 기억에 없지만, 담임 선생님이 나를 부르셨다. 선생님은 책상 서랍을 열고 책을 꺼내주시며 말했다.

"너 갖다 읽어라. 난 필요 없어."

새로 출간된 M 시인의 시집이었다. 그때 그 앞에 M 시인이 서서 우리를 보고 있었다. 나는 머뭇거리다 책을 들고나왔다. 나도 읽고 싶지 않았다.

나는 헌 실내화로 견뎌야 했다.

실내화를 끌고 다녔던 시절이 아프기만 했다. 참, 중간에 누군가 헌 구두를 건네었었나.

남의 신을 신는다는 건 그 사람의 체중과 함께 신발 위에 서는 것이다. 그 사람이 걸어갔던 길을 기억하는 신발. 신발 바닥에 찍혀진 고유한 발 모양. 나는 그 위에 덧대어 내 발을 자꾸 찍어보았지만, 고유한 주인의 발 모양을 지우진 못했다.

나는 잘 맞지 않는 신발을 자꾸만 내려다보았다. 어쩐지 남의 생을 빌려 신고 있는 것 같았다. 내게 구두를 건네준 같은 반 아이는 내 헌 실내화를 보다 못해 자신의 구두를 벗어주고 새로 신을 샀다.

내 가슴을 훅, 할퀴고 간 그 시인. 정말 다시 보고 싶지 않았고, 아무리 반할 정도로 아름다운 시를 썼다 한들, 나는 다시는 그녀의 시를 읽고 싶지 않았다. 그녀의 아름다운 시와 그녀의 말은 너무나도 달랐다. 그녀의 속에는 마치 두 사람이 존재했던 것 같다. 나는 사람을 볼 때, 인격을 제일 중요하게 생각했다. 사람의 격. 격이 있는 사람이 제일 좋다. 그다음엔 진실한 사람이 좋다. 거짓 없이 어떤 상황에서도 진솔한 사람이 좋다. 학벌이 아무리 높고 돈이 많아도 인격이 없으면, 진실하지 않으면 그 사람은 내 마음속에서 제외했다.

내가 등단하고 부천시에서 주최하는 백일장에 어느 작가와 함께 참석한 적이 있었다. 거기서 M 시인을 만났다. 그녀는 시 부분을 담당하는 심사위원으로 왔었다. 그녀는 나를 단번에 알아보았다. 내가 말했다.

"선생님, 저 기억하세요?"

"알지, 알고말고!"

많은 세월이 흘러도 그때, 그녀의 목소리를 잊을 수 없다.

중3 겨울, 아버지가 고혈압으로 쓰러져 돌아가셨다. 고등학교에 입학하자, 어느 날, 엄마가 말했다.

"이제 그 학교 가지 마라. 알아서 다 해 놨어."

엄마는 앞뒤 다 자르고 결론만 얘기했다. 아니, 얘기한 것이 아니라 통보였다.

알고 보니 야간 고등학교로 전학이 이루어져 있었고 낮에 일할 수 있는 직장도 마련돼 있었다. 이게 뭐지? 나는 많은 의문이 들었고 곧 절망했다. 내가 다닐 학교는 이름도 모르던 학교였다. 고등학교에 입학하자, 벌써 대학입시에 마음을 써야 했던 나는 어리둥절하기만 했다. 어느 날, 뜬금없이 내게 다가온 현실이 믿어지지 않았다. 내게 한마디 말도 없던 엄마의 선택을 어떻게 받아들여야 좋을지 몰랐다. 모르면서도 그냥 따라가는 수밖에 없었다. 아빠를 가슴에 묻은 지 채 석 달도 안 되었었다.

내가 다닐 직장은 부두노동조합 사무실이었다. 월급은 만 이천 원으로 내 등록금과 남동생 등록금을 내야 한다고 엄마는 말했다.

아침 8시에 출근해서 1, 2층 청소하고 잔심부름하고, 오후 4시 30분에 퇴근해 학교에 가는 것이다. 그리고 밤 열 시가 넘어 귀가했다. 그동안 밥을 한 끼도 먹지 못했다. 아침은 굶고 도시락을 싸 주는 사람이 없어 점심도 굶고 저녁도 마찬가지였다. 사무실에서 경리 언니가 간혹 가락국수를 사주곤 했다.

그즈음 나는 신호를 기다리며 서 있다가 빈혈을 일으켜 자주 쓰러지곤 했다. 길 건너던 아저씨가 병원에 데려다준 적이 한두 번이 아니었다.

나의 밥은 라면땅이었다. 그 맛을 어찌 잊을까. 라면땅 한 줌 입에 집어넣고 와작 씹으면 그 고소함을 어떻게 표현할까. 식도로 넘어가는 그 느낌. 그 느낌은 내 위장을 요동치게 했다.

오갈 데 없는 친구 경현과 라면땅 한 봉지 먹고 물 한 바가지 마시면 배가 불렀다. 우리는 라면땅이 뱃속에서 불어 오르길

기다리고 기다렸다. 그것으로 한 끼가 채워져 경현과 나는 아주 흡족했다.

경현이는 3교대 하는 공장에 다니며 야간고등학교에 다니고 있었다. 가족과 뿔뿔이 흩어진 친구는 날마다 잠자리를 구하러 다녀야 했다. 다행한 것은 우리 집에 방이 여러 개나 되어 친구와 잠을 자는 데 별 지장이 없었다.

어느 날, 자정이 넘은 시각이었다. 엄마가 방문을 마구 두드렸다.

"얘들아, 일어나라. 지금 할머니가 아파서 박수한테 다녀왔거든. 친구 당장 내보내라. 살이 꼈대."

친구가 집에 들어오면서 뭘 가지고 들어왔다고 했다.

"안 그러면 할머니 돌아가신다."

이렇게 방문 앞에 서서 말하고 있던 엄마가 이상해 보인 것은 처음이었을까.

사람은 해서는 안 되는 말이 있는 것이다. 엄마는 해서는 안 되는 말을, 해야 하는 말로 바꾸어 서슴없이 내뱉고 있었다.

나는 부끄러웠다. 경현에게 부끄러웠고 나 자신에게도 부끄러웠다.

우리는 자다 말고 어안이 벙벙했다. 자정이 넘었고, 통행금지가 있던 때라 난감했다. 겉옷 하나 변변히 없어 교복을 주섬주섬 주워 입었다. 왈칵 눈물이 솟구쳤다. 그 상황에 몰린 우리는 아무 말도 못 하고 집을 나왔다.

그때가 이월 초였다. 날이 너무 추웠다. 거리에는 싸락눈이 내려 쌓여 있었다.

밖의 추위는 맹렬했다. 삭풍이 불어왔다. 바람이 불 때, 쌓였던 눈이 흩날리며 우리의 얼굴 위로 눈들이 쏟아지기도 했다. 우리는 손을 잡고 비틀거리며 미끄러운 언덕길을 내려갔다. 어찌나 달빛이 밝은지 우리는 하늘을 쳐다보며 웃었다. 어이없고도 기막힌 웃음이었다. 아니 우리는 이 상황이 이해되지 않아 슬펐고, 엄마의 말 한마디에 한밤중, 교복을 주워 입고 집을 나오는 그 상황이 슬펐다. 우리가 할 수 있는 것은 눈물을 흘리면서도 오직 웃을 수밖에 없었다. 그 헛헛하고 쓰라린 웃음을 웃느라 빙판길에 넘어지고 넘어진 채로 우리는 한참을 그러안고 있었다.

우리의 웃음과 울음 끝에 매달린 허연 입김들이 공중으로 날아가고 있었다. 다행한 것은 통행금지에 걸리지 않고 신흥사 입구에 있는 정덕도서관까지 우리는 갈 수 있었다.

그곳 도서관의 딱딱한 나무 의자는 우리의 온몸을 얼어붙게 했다. 우리는 발이 시려 밤새도록 발을 동동 굴렀다.

고난을 함께 겪은 친구는 더 이상 친구가 아니라 살붙이였다. 비록 어이없는 상황에 놓였지만 우리는 함께 그 상황을 겪었고 함께 고통을 느꼈기 때문이다. 서로 말을 하지 않았지만,

그냥 아는 것이다. 알아먹는 것이다. 이제까지 그 친구와 만나면서도 그날 그 일에 대해 한 번도 서로 말을 꺼내지 않았다. 그냥 눈빛만 보아도 안다. 그 친구는 늘 이렇게 묻는다.

"어머니 안녕하시지? 언니도 안녕하시지?"라고. 그럼 나는 고개를 끄덕였다.

무서운 괴물처럼 보이는 대우빌딩을 지나 육교를 건너야 사무실에 도착한다. 나를 위협하는 건 다름 아닌 육교였다. 이른 아침, 빈속에 잔뜩 멀미하며 버스에서 내린다. 육교의 중간쯤 가면 육교가 출렁거린다. 현기증과 무섬증에 나는 난간을 잡고 마음을 진정시킨다.

나는 나를 붙잡고 이 육교를 건네줄 사람이 없는지 두리번거렸다.

부두노동조합 사무실의 풍경은 삭막했다. 온기도 없었다. 이 층에 다리를 뻗고 신문이나 들춰보는 김 이사는 무서울 정도였다. 겨울에 물걸레로 책상을 닦으면, 물기는 그대로 얼어붙어 살얼음이 된다. 나는 그것이 제일 두려웠다. 어떻게 해야 성에가 끼지 않을까. 걸레를 아무리 꼭꼭 짜도 내 손목 힘으론 감당할 수 없었다. 김 이사는 아침이면 트림을 꺽꺽하며 책상 위를 검지로 훑고 지나간다.

"김 양, 청소했어? 다시 해."

이럴 때마다 내 가슴은 두방망이질을 쳤다. 점심시간이면

으레 구두를 벗어 내게 주었다. 나는 구두를 닦아서 책상 밑에 가져다 놓아야 한다. 나는 마른걸레로 다시 책상을 닦는다. 입김을 불어가며 물걸레의 자국을 닦고 닦는다. 그리고 김 이사의 구두도 침을 묻혀 가며 반짝반짝 닦는다.

내가 사무실에서 숨 쉴 수 있는 유일한 숨구멍은 아침 신문에 연재되는 소설, 최인호의 "별들의 고향"을 읽는 일이었다. 사무실 청소를 끝내고 눈치껏 읽는 그 소설은 너무 재미있고 슬펐다. 최인호의 인터뷰를 본 적 있었다. "'경아는 나입니다.'"라고 말을 마치는 작가가 얼마나 좋았던지. 얼마나 진솔하고 멋있었는지. 아마 그때부터 나는 최인호를 사랑하지 않았을까. 그때부터 최인호의 소설은 모조리 찾아 읽었다.

갑자기 총무부장이 소리를 지른다.

"잘라 버려. 뭘 그런 걸 갖고 ···."

부장은 만족한 듯 전화를 끊는다. 부장은 책상 위에 두 다리를 겹쳐 올리고 자랑스럽게 말했다.

"부산에서 어느 놈이 갈치 한 마리 훔치다 걸렸다더군."

나는 부장을 빤히 바라보았다. 아마 그 잡역부는 저녁거리로 그 생선 한 마리, 그것도 흠집이 잔뜩 난 갈치를 가져가야겠다고 생각한 것은 아닐지. 머릿속에서 빠르게 장발장이 지나가고 죄와 벌이 지나가고 ··· 계속 무언가 지나가고 있었다. 절망도 느꼈던가. 처음 사회에 나와 겪는 고통이었고 충격이었다. 사르트르의 '벽'이란 소설을 읽고 느꼈던 그 충격과 같은 것이었다.

나는 그 후, 총무부장을 바로 보지 않았다. 그 많은 갈치 중 한 마리 가져갔다고 일자리를 빼앗는 세상이 무서웠다. 잡역부의 일을 일러바치는 그 누군가도 싫었다.

그때 가슴 속에서 무언가 뻐적, 깨지는 소리를 들은 것 같았다. 그 소리는 오래도록 남아있었다. 아주 오래도록.

나와 나의 다름을 무슨 말로 표현할까. 내가 꿈꾸던 나와 지금 현실 속에서 헐떡이는 나. 나는 그 갭을 메꾸기 위해 방황했다. 현실과 이상의 괴리감 속에서 나는 고개를 숙이고 터벅터벅 걸어다녔다.

아빠는 내게 말했다.

"영어 공부 열심히 해서 KAL 승무원이 되어라. 그래서 세계를 다니며 견문을 넓혀라."

나는 벌써 비행기를 타고 세계를 날아다니는 꿈을 꾸었고, 생각만 해도 기분이 좋아졌다.

나는 제법 공부를 잘했다. 전교 일 등을 하기도 했고, 교과서를 읽기만 하면 처음부터 끝까지 외웠다. 아빠가 사준 전래동화 동시 전집은 어릴 때부터 끼고 자던 책이었다. 나는 처음 윤석중의 "넉 점 반"이라는 동시를 읽으며 막 웃다가 끝내 울어버리고 말았다.

아빠는 날마다 책을 읽었다. 그 모습은 왠지 거룩하고 누구도 침범할 수 없는 아우라를 지니고 있었다. 퇴근길엔 어김없이 노끈에 묶인 책 보따리가 아빠 손에 들려있었다. 필요한 쌀과 연탄을 들이고 겨울이면 김장하고 어려운 이웃에게도 쌀 한 가마니 갖다주고 그렇게 만족하는 아빠였다. 그리고 시간만 나면 밥상을 펼쳐놓고 원고지에 만년필로 뭔가를 쓰고 계셨다. 그런 아빠를 보고 엄마는 소리를 치곤 했다.

"책에서 밥이 나와? 쌀이 나와? 아유, 지겨워."

나는 무엇인가 찾기 위해 미친 듯 책을 찾아 읽었다. 책 속에 답이 있을 거 같아서였다.

나는 아빠의 책장에서 가와바타 야스나리 전집을 찾아냈다. 그의 『설국』을 읽고 또 읽었다. 그의 문장은 또렷하고 정확하고 맑았다. 아름다웠다. 눈앞의 정경을 그리듯 써 내려간 문장이었다. 그림을 보는 거 같았다.

나는 떨고 있었다. 문장의 아름다움을 많이 보았지만, 이것처럼 극치를 달리는 글은 처음이었다. 숨 쉬듯 그의 문장을 읽고 또 읽었다. 단어 하나에 나는 숨을 들이켰다가 내뱉었다. 그는 나의 호흡이 되어주었다. 이렇게 문학 작품들이 내 삶을 환기해 주었고, 작품의 문장들에 기대어 살았다.

고개를 들면 귓바퀴에 맴도는 소리. "'아비 잡은 년'이란 소리가 끊이지 않고 들려왔다." 나더러 엄마는 '아비를 잡았다'고 했다. 나는 도무지 이해할 수 없었다.

 아빠가 고혈압으로 쓰러졌을 때, 엄마는 날마다 무당을 찾았고 드디어 집에서 굿판을 벌였다. 무당은 깃발을 펄럭이며 말했다. '둘 중 하나 죽어야 끝나.' 무슨 말인지 알 수 없었다. 그 말은 마치 산사태처럼 내게 떠밀려 왔고 그건 내 얼굴에 경을 치고 있었다.

 아빠가 그해 겨울 돌아가셨고 나는 '아비 잡은 년'이 되어 있었다. 나는 그렇게 누군가 내게 내려 준 무서운 죄패를 걸고 사는 수인이 되었다. 무당이 건네준 말 한마디. 거기에 더 얹어 엄마는 '아비를 잡았다'고 패악을 떨었다.

 나는 이제까지 세상에 나와 가만히 있었을 뿐이었다. 내가 왜 사랑하는 아빠를 죽인다는 말인가. 그렇게 불가해한 세상은 어느 날 갑자기 내게로 떨어졌다. 세상은 제멋대로 돌아가고 있었다. 누군가가 누군가를 끊임없이 정죄하고 있었다. 정죄하지 않으면 살 수 없는 것처럼. 그 차갑게 얼어붙은 낱말은 내게 떨어졌고 나를 서서히 죽어가게 했다.

 '아냐, 그렇지 않아.' 수없이 고개를 흔들어도 그 형틀은 꼼짝도 하지 않았다.

 아빠가 돌아가셨을 때도 나는 맘껏 울지 못했다. 우는 것조차 허락되지 않았으니까. 그리고 슬퍼하지도 못했다. 나는 죄인이었으니까.

집에서 아빠의 장례를 치를 때, 마지막 시신을 입관하고 관에 못을 박을 때도 나는 곁에 가지 못했다. 누군가의 뒤에 서서 소리 없는 울음을 울고 있었고 가슴이 꽉 막혀 숨을 제대로 쉴 수 없었다. 그러다가 기절해 버렸다. 정신을 잃기 전의 그 상태는 모든 사물이 하얘지고 시야는 더 이상 존재하지 않았다.

슬픔에도 빛깔이 있다면 그건 아주 찬란한 흰빛이 아니었을까. 아니 희다 못해 아주 투명한 빛깔로 빛나는 슬픔이 되었을 것이다. 그 끝 간 데 없이 깊고 깊은 함정의 언덕에 기대어 나는 마냥 눈물을 삼켰다.

슬픔이 극에 달하면 슬·프·다·라고 말하지 못한다. 내게 금지된 슬픔. 그때, 나는 세상의 모든 슬픔을 맛보아 버렸는지도 모른다.

어느 날, 학교 수업 시간이었다. 갑자기 함박꽃처럼 기침이 튀어나왔다. 한 번 시작된 기침은 기절할 즈음에서야 멈췄다. 담임 선생님은 나를 불러 조용히 말했다.

"당분간 집에서 쉬도록 해라. 병원에는 가 봤니? 칠판에 쓰느라 돌아서면 네 기침 소리가 가슴을 찌른다."

나는 무엇보다 "병원에는 가 봤니?" 하는 소리에 울고 말았다. 그건 염려의 소리였고 위로의 소리였다. 말이란 것이, 그 말이란 것이 이렇게 따뜻하고 안온한 느낌을 줄 수 있다는 것에 나는 놀랐다.

그런 따뜻한 말을, 그저 말이라도 엄마에게서 듣고 싶었다.

나는 기침을 가득 안고 회사에 갔다가 종로에서 경현이를 만났다. 경현이도 그날 학교에 가지 않았다.

우리는 르네상스 고전음악 감상실에 갔다. 그곳이 우리의 안식처였다. 음악에 기대어 우리의 청춘을 한했다. 우리에겐 음악 말고는 아무것도, 어느 것도 허락된 것이 없다는 것을 알았다. 오십 원인가 칠십 원인가 하는 커피 한 잔과 고전음악. 고전음악도, 우리나라에 처음 FM 방송이 시작되자, 아빠가 가르쳐 준 음악이었다.

음악감상실 DJ는 우리가 가면, 의례 '베르디'의 '라 트라비아타'를 걸었다. 존 서덜랜드. 나는 그녀의 목소리를 사랑했다. 그녀가 부르는 '아, 그대였던가'는 우리를 충분히 울리고도 남았다.

우리는 구석진 곳에 자리하곤 함께 시를 썼고 서로 교환해 읽었다. 그런 다음 우리는 건너편에 자리한 종로서적으로 걸음을 옮겼다. 책들은 장엄하고 웅장했다. 책꽂이에 꽂힌 수많은 책을 보며 우리는 입을 딱 벌렸다. 세상엔 책을 짓는 사람들이 이렇게 많은가. 작가들은 대체 무엇을 써 놓았을까. 이런저런 생각을 하며 책을 들춰 읽어보기도 하고 다리가 아프면 의자에 앉아 쉬기도 했다. 그리고 걸어서 집으로 간다. 종로2가에서 돈암동까지 가는 길은 그런대로 낭만적이었다. 종로통을 나와 원남동으로, 혜화동으로, 삼선교로…. 그렇게 그렇게 우리는 청춘을 경주했다.

나는 누군가의 도움으로 병원에 가게 되었다. 의사는 말했다.

"당장 쉬고 잘 먹고 또 잠을 자야 한다. 그렇지 않으면 위험해."

보호자를 데려오라고도 했다. 나는 고개만 저었다.

심인성 폐울혈. 조금만 걸어도 숨이 차고 기침이 났다. 나는 죽으면 좋다고 생각했다. 어서 죽음이여 내게 오라고 주문을 외었다. 그러나 살았다. 어찌어찌해 살아졌다.

약을 먹으며 아침이면 직장에, 오후에는 학교에 갔다. 그때 내 나이 열일곱이었다.

가장 고통스럽고 속상한 것은 가슴 한쪽에 고요히 배어있는 대학입시였다. 엄마는 절대 반대였다.

"여자가 배워 뭘 해. 고등학교 졸업해 취직하면 되지."

우리는 마리오네트였다. 엄마는 우리의 모든 기관을 묶어버렸다. 조종자는 자유자재로 우리 형제들을 움직였다. 팔을 들어 올리면 팔을 들고, 다리를 들어 올리면 다리를 들어 올리는 우리는 인형이었다. 우리의 생각, 감정, 원하는 것들은 몽땅 무시당했다.

언젠가도 김치 달랑 하나 얹어 친구와 밥을 먹고 있으면 엄마는 옆에서 '식충이들' 하며 혀를 찼다. 우린 그렇게 식충이가 되었다. "왜 너희들 때문에 희생해야 하냐"고 날마다 악다구니를 하던 엄마였다.

"언니는 고등학교 졸업 후, 집을 나갔다."

언니가 집을 나갔을 때 내 가슴에 두 번째 금이 갔다. 뻐적뻐적 소리를 내며 가슴에 빗금을 깊게 그었다.

문장과 문장 사이, 행간과 행간 사이에 남아있는 글자들을 아직 다 기록하지 못한다. 잠시 앉아, 툭툭 터지는 기억의 봉우리 속을 가만히 들여다본다. 그 속에 숱한 것들이 고개를 들며 손을 들면, 나는 착한 교주처럼 하나를 꺼내어 햇볕에 널어놓는다. 그리고 그것을 쓸 뿐이다.

내가 사랑했던 아빠를 잃고 언니도 없는 공간은 쓸쓸했다.

할머니가 그랬다. "형제가 죽으니, 피가 다 빠져나가는 것 같다"며 눈물을 훔쳤다. 언니는 내게 그런 존재였다. 참 그랬다.

일요일 창가에 앉아 마당을 건너다보면, 활짝 웃는 화자 언니가 보였다. 화자 언니는 우리 집에서 살던 식모 언니였다. 마당 한쪽 화단에는 언니가 심어놓은 꽃들이 있었다. 가을에 받아 놓은 꽃씨들을 보관했다가 봄이면 키순으로 화단에 뿌렸다. 봄부터 여름까지 꽃들이 만개하고 있었다. 맨 앞에 있는 채송화, 분꽃, 맨드라미, 봉숭아, 과꽃들. 담장 밑에는 수세미나 나팔꽃들이 줄을 타고 올라갔다.

아침에 눈을 뜨자마자 나는 꽃밭으로 나가 꽃들을 구경했다. 화단 턱에 머리를 고이고 누워있는 채송화가 제일 예뻤다. 언니에게 졸라 물뿌리개로 꽃들에 물을 주었다. 물이 떨어지면 꽃들은 고개를 끄덕끄덕하곤 했다. 그것이 가장 신비로웠다. 나는 채송화 꽃잎에 이슬이 맺혀있는 것을 보았고, 언니에게 그것을 잡아달라고 소리쳤다.

그 이슬은 영롱하고 보석처럼 아름다웠다. 언니는 꽃잎 위에 얹힌 이슬을 이리저리 굴리고 있었다.

"못 잡는 거야."

화자 언니는 그러면서 나를 빤히 쳐다보았다.

"그건 채송화 눈물이야. 눈물은 그냥 놔두는 거야. 닦아 주면, 안 되는 거야. 자꾸 닦아 주면 그다음엔 눈물을 잊어버려."

그러면서 언니는 눈시울을 붉히곤 했다.

'눈물을 잊어버리다니. 눈물도 잊어버린다는 건 어떤 것일까.' 그 말은 내내 내 가슴에서 굴러다녔다.

여름이면 백반을 찧어 넣고 봉숭아 물을 들여 주던 화자 언니. 언니는 나를 길렀고 거의 나의 엄마였다. 학교에 갈 때 비가 오거나 할 때, 내 손을 잡고 학교 앞까지 데려다주던 언니였다. 소풍 가는 날엔 엄마 대신 언니가 김밥을 싸 들고 함께 갔다. 옷 입는 것, 밥 먹는 것, 학교 준비물 등을 언니가 도맡아 준비해 주었다.

시장에 갈 때도 꼭 언니 손을 잡고 갔다. 언니는 달구지에서 파는 풋사과를 하나씩 사 주곤 했다. 언니는 과일을 살 때도 좋은 걸 고르지 않았다. 웬만하면 보지도 않고 주워 담았다. 내가 옆에서 빨갛고 예쁜 사과를 고르면 언니가 얼른 내 손에서 빼앗아 도로 놓고 그보다 못한 걸 골라 담았다.

"언니, 왜 좋은 걸 안 골라?"

"모두 다 좋은 걸 골라 가면 나중에 이 아저씨는 나쁜 것만 남아서 팔 수 없잖아."

그렇게 말하는 언니의 얼굴이 빨개졌다. 나는 잘 모르지만, 그것이 옳다는 생각이 들기 시작했다.

국민학교 시절을 이 언니와 지냈다. 한방에서 같이 잤다. 내게 아름다운 것, 고마워할 줄 아는 것, 그런 것들을 체감케 해주던 언니. 참 고마운 언니였다. 엄마 같은 언니였다. 내 모든 사정을 알아주고 살펴주던 언니였으니까.

화자 언니가 보고 싶었다. 언니의 행주치마에서 나는 광목의 냄새도 그리웠다. 그건 부엌의 냄새였고 설거지의 냄새였고 연탄 화덕의 냄새였다. 그건 곧 언니의 냄새였다.

사람은 그래서 살아지나 보았다. 지금 당장 어려워도 추억 속에 묻혀 있던 기억 한 자락을 꺼내 보고, 그것을 반추하며 살 때, 잠시 어려움을 잊기도 하는가 보았다.

지금도 나는 시장에 가면 시장바닥에 신문지 펴놓고 앉아 있는 할머니의 채소들을 산다. 좀 시들었어도 쉰 것이 있어도 그냥 산다. 절대 서서 사지 않는다. 할머니 앞에 앉아 이것저것 묻고 물건을 사고 돈을 낸다. 할머니에게 묻곤 한다.

이 나물은 어떻게 해 먹는 거냐고, 또 이 나물 이름은 무엇이냐고.

그럼, 할머니는 기뻐하며 자세히 설명해 주신다. 나는 고개를 끄덕거리며 고맙다고 인사한다. 물론 그 나물이 무엇이고 어떻게 해 먹는지 다 알고 있다. 그리고 달구지 위의 과일을 산다. 무엇이든지 고르지 않고 위에서부터 잡아 봉투에 넣는다. 나는 이 방법이 옳다고 생각했다. 꼭 화자 언니와 시장을 가는 것처럼 시장을 다닌다.

겉옷 하나 없이 내복 하나 없이 교복 바람으로 겨울을 나는 것은 못 할 짓이었다. 왜 그렇게 추웠을까. 다리가 얼어 뻘게졌다가 시퍼레졌다. 그 흔적을 나는 잊을 수 없다. 나는 지금도 추위를 못 참는다. 겨울이면 보통 여섯 겹씩 껴입는다. 그래도 춥다. 마냥 춥기만 하다.

한여름엔 더위를 먹기도 했다. 물을 마셔도 마신 것 같지 않고 그 심한 갈증과 미열과 메스꺼움. 그때를 떠올리기만 하면 벌써 구토가 일어났다. 기진맥진하여 노동조합 아래위층을 뛰어다니며 심부름하고 선풍기도 없던 사무실의 청소를 할 때, 교복은 땀에 젖고, 젖은 채로 학교에 갔다가 집에 돌아와 단벌 교복을 빨 때면 소금기가 떨어졌다.

  예비고사 보는 날은 그냥 눈물만 났다. 졸업식도 가지 않았다. 나중에 J 선생님이 졸업장을 건네주셨다.

  사실 선생님 아니었으면 졸업도 하지 못했을 것이다. 아파서 기말고사도 못 보았고 출석 일수가 모자라 선생님이 일일이 과목 선생님께 머리를 조아려 점수를 받아내었고 출석 일수는 어떻게든 채웠다.

  그 사이, 남동생이 고등학교에 들어갔다. 때맞춰 고모가 집에 찾아왔다. 의정부에 학교를 설립했으니, 동생을 그 학교에 보내달라는 요청이었다. 고모가 이사장으로 있는 복지 중고등학교였다.

  엄마는 신이 나 있었다. 남동생이 그 학교에 입학하면 장학금 준다는 소리에 동생 의견은 무시한 채, 의정부에 있는 학교로 보내버렸다. 나는 반대했다. 사대 독자 외아들. 그래도 남자아이만큼은 대학도 가야 한다며 엄마를 말렸다. 내 예상대로였다. 학교 거리가 먼 탓도 있었지만, 분위기가 팔 할을 차지

했다. 결국 학교에 나가지 않게 되자 엄마는 이때다 싶어 남동생을 철공소에 집어넣었다. 엄마를 아무리 설득해도 소용이 없었다.

고등학교를 졸업한 후, 봄이 오는가 싶었다. 엄마는 갑자기 여권을 마련해 내게 내밀었다. 오키나와행이었다. 나는 깜짝 놀랐다. 엄마는 일 년만 돈 벌어 오라고 했다. 엄마는 늘 이런 식으로 우리를 놀라게 했다.

나는 할 수 없이 조건을 달았다.

"돈 벌어 오면, 그다음엔 내 맘대로 대학 갈 거야."

다짐을 받았다. 그곳에 가서 안 일이지만 나라에서 탄광촌 자녀에게 주는 혜택이라고 했다. 그렇다면 엄마는 이것을 어떻게 알았을까. 아빠 친구들을 통해 소식을 들었을 것이라고 미루어 짐작한다.

오키나와에 가서 무슨 일을 하며 어떻게 돈을 버는 것인지 아무것도 모르고 나는 출발했다. 이름도 낯선 오키나와. 일본 땅이라고 했다.

나는 가방에 '솔제니친'의 〈이반 데니소비치의 하루〉를 넣었다. 내가 마음이 어려울 때 이 책을 읽으면 적잖이 위로되었다. 적어도 이반의 처지에 놓이지 않았으니까 말이다. 나만의 위로 방법이었다. 아니 살기 위한 몸짓이라 해도 좋았다. 아주 찬찬히 읽으며 이반의 시간을 따라가기도 했던 책이었다.

김포공항에는 삼백육십 명 정도의 인원이 북적거렸다. 우리는 전세 비행기를 타고 오키나와로 향했다.

오끼나와 수도 나하에 있는 공항에 도착하여 비행기에서 내리는 순간. 나는 숨이 막혀버렸다. 아열대성 공기가 폐부로 들어와 숨을 막아버린 것이다. 나는 억지로 기침을 토해내었다. 내가 숨 쉬는 방법이었다.

삼백육십 명의 언니들을 공항에서 60명씩 나눴다. 60명을 한 반으로 묶었다. 소분한 각반에 반장, 부반장 두 명의 엄마들이 따라붙었다.

버스를 타고 도착한 곳은 이즈미라는 곳이었다. 6시간을 달려와 도착한 곳은 사방이 시뻘건 밭뿐이었다. 지평선 끝까지 뻗은 밭에는 파인애플이 줄 맞춰 심겨 있었고 그 끝에 보이는 것은 파란 하늘과 흰 구름이었다.

저 멀리 공장 건물이 보였고 맞은편에는 기숙사 한 동이 있었다.

나는 문득 이곳에 버려진 느낌을 받았다. 육십 명의 처녀들은 폐기물이 되어 이곳으로 배달된 느낌이 들었다. 아무도 없는 무인도에 갇힌 듯했다. 연락도 두절 되었다. 세상과 단절된 이곳에서 살아남는 길은 오직 육십 명의 한 부분이 되는 길밖에 없었다.

기숙사는 나무판자로 된 집이었다. 사방으로 목재를 꽂아 넣고 그 위에 덩그러니 집을 얹은 셈이었다. 기숙사에는 다다미방 일곱 개가 나란히 붙어 있었다. 한 방에 열 명씩 배치되어 들어갔다. 한쪽 벽에 늘어선 개인 사물함에 짐을 부리고 앉았다.

나는 울었다. 그냥 무서워 몸이 떨리기 시작했다. 함께 온 언니들은 나이가 많았다. 사북, 태백 등지에서 온 노처녀들이었다. 결혼자금을 마련하거나 노부모를 위해, 또는 동생들의 학비를 벌기 위해 온 언니들이었다.

반장 엄마의 호루라기 부는 소리에 우리는 전부 일어섰다. 반장 엄마가 방마다 점검하며 담요 한 장씩 나눠주었고, 저녁밥을 먹으러 내려오라 했다.

공장 건물 옆에 식당이 있었다. 가마보쿠조림, 양배추겉절이, 된장국과 밥이 차려져 있었다. 한쪽에서 반장과 부반장 엄마와 나이 든 언니들이 회의하고 있었다.

식사 당번이 정해졌다고 반장 엄마가 말한 후, 우리에게 모기약을 나눠 주었다. 이곳 모기는 작고 새까맣다. 독성이 강해 물리고 긁으면 벌겋게 부어오르다 곪고 만다.

첫날 저녁, 모두 지쳐 다다미방에 차례로 누웠다. 담요를 덮고 나란히 누워있는 걸 보니 상처 입은 패잔병들처럼 보였다.

들창문도 꼭꼭 닫고 모기향을 피우면 우리는 모기떼가 된 것 같았다. 아침이면 방안에 연기가 자욱했고 모두 기침을 했다.

내가 가장 무서워하는 것은 도마뱀이었다. 그것들은 밤이나

낮이나 방 천장에 붙어 우리를 내려다보았다. 그리고 찌륵찌륵 울었다. 사물함을 열면 도마뱀이 나를 빤히 쳐다보다 어딘가로 숨어버렸다. 문틀에 낀 꼬리들. 자신의 몸을 자르고 도망가는 그들에게 연민이 일어나기도 했다. 사람에게도 팔다리를 자르고 도망하는 기능이 있다면 하고 생각했다. 위급 시 팔다리를 자르고 도망가 다시 자랄 때까지 기다린다면 얼마나 멋진 일일까. 그건 도마뱀을 창조한 신이 준 특권일까. 도마뱀, 너는 좋겠다고 생각하며 나는 사물함 문에 기대어 살짝 웃음을 지었다.

출근 시간은 일곱 시 반이다. 각자 타이머를 찍고 공장 마당에 들어선다. 저 앞 단상에 공장장 요하상이 호루라기를 분다.
우리는 음악에 맞춰 보건체조를 한다. 이 보건체조는 우리가 학교에서 늘 하던 것이다. 몇 개 순서는 틀리지만, 따라 할 만했다.
반장 엄마는 그때부터 이찌, 니, 산, 시, 고, 로꾸…. 우리를 물건 세듯 부르며 공장 안으로 들여보냈다. 작업은 네 단계로 분류돼 있었다.
유리창 밖에선 막 따온 파인애플들이 큰 트럭에서 쏟아지고 있다. 산처럼 파인애플이 쌓인다.
우리는 머리에 모자를 쓰고 팔꿈치까지 오는 고무장갑을 끼고 발목까지 내려오는 비닐 앞치마를 두른다. 먼저 우리 방에 함께 기거하는 순이 언니가 창밖에서 커다란 파인애플을 들고 식칼로 꼭지를 자른다. 자른 파인애플 덩어리를 기계에 넣으면 껍질 벗겨진 원통형의 파인애플이 컨베이어로 떨어져 내린다.

노란 알몸의 파인애플을 집어 우리는 껍질 자국을 칼로 도려낸다. 도려낼 때 파인애플에서 떨어지는 국물이 팔꿈치 안쪽으로 흐른다.

파인애플에 나선형으로 난 까만 점들을 고르게 파내는 작업이란 게 집중해야만 할 수 있다. 조금만 힘을 주어도 파인애플이 잘려 나가기 일쑤였다. 우리는 식칼을 모두 뻗쳐 들고 그것을 잘 파내느라 식은땀을 흘린다.

파인애플엔 독성이 있다. 원액이 흘러 비닐 앞치마를 타고 흐르면 맨발의 우리는 어김없이 발이 부르트곤 했다. 처음에는 가렵다가 표피가 부풀어 올랐다가 물집이 터진다. 이것들이 날마다 반복되었다. 날이 가면 갈수록 발등은 허옇게 부식되어 갔다.

그렇게 작업을 끝낸 파인애플을 컨베이어에 올리면 기계에 들어가 정확하게 여덟 조각으로 잘리고 그것을 깡통에 담고 시럽을 첨부한다. 뚜껑을 기계로 찍어 찜통으로 보낸다.

점심시간이 왔다. 모두 허리를 편다. 바짝 긴장했던 탓도 있고 한 자리에 가만히 서서 하는 작업은 쉽지 않았다.

식당에 가니 어제 저녁으로 먹었던, 아침에도 먹었던 그 반찬이 그대로 차려져 있었다. 흰 밥을 한 숟가락 가져가다 나는 먹지 못한다. 식충이. 이런 소리가 귓가에 맴돈다. 갑자기 흰 밥알들이 구더기로 보인다. 그것들은 꼬물거리며 숟가락에서 나가려 한다. 눈물이 흐른다. 식충. 엄마의 소리가 여기까지 따라와 나를 괴롭힌다. 나는 한 숟가락을 입에 넣고 씹는다. 마구 우적우적 씹어버린다.

가장 곤란한 건 화장실이다. 기숙사를 돌아 한참 가야 나오는 변소. 온통 거미줄과 그 위에는 빨간 거미들이 널려있고, 바닥에는 구더기들의 세상이었다. 그건 또 하나의 처연한 다른 세계였다.

무엇이었는지 기억할 수 없지만, 엄마는 몹시 야단을 치며 때렸다. 엄마는 제풀에 못 이겨 기어이 나를 변소에 가두었다. 변소에 가두는 일은 그 후로도 계속되었다. 여름날, 재래식 변소에서 올라오는 냄새와 구더기들. 나는 맨발이었다. 나는 시멘트 바닥에 맨발로 오후 내내 서 있었다. 기어오르는 구더기와 싸움을 했다. 화자 언니가 밖에서 나를 달랬다. 어서 엄마한테 잘못했다고 빌고 나와. 나는 가만히 서 있었다. 그러다 냄새 때문에 기절했었던 것 같았다.

언니는 나와 엄마 사이를 오가며 발을 동동 굴렀다고 했다. 나중에는 엄마에게 언니가 빌었다고도 했다.

"아줌마 내가 대신 빌 테니 저 아이 꺼내주세요. 어린 것이 … 몇 시간이나 지났잖아요. 잘못했어요."

그러면서 언니는 울었다고 했다. 대여섯 살 때의 기억이었다.

나는 구더기를 떨어내듯 기억을 털어내었다. 툭, 툭, 구더기들이 발등에서 떨어지고 있었다.

우리는 밤이면 삼삼오오 짝을 지어 변소엘 간다. 길에는 외등 하나 없었다. 양철지붕 위에서 빼꼼 내려다보던 도마뱀들이 부스럭거린다. 어른 주먹만 한 크기의 달팽이들이 우리의 발밑으로 천천히 기어간다. 축축한 땅에서 썩어가는 껍질이 산더미처럼 쌓여 그 속에서 우리도 점점 부식해 갔다.

한마디로 표현한다면, 그 섬의 풍경은 핍절하고도 광막했다. 광막한 섬에 갇힌 나는 겨우 숨만 쉬고 있었다.

갑자기 호우가 쏟아지면 앞도 보이지 않았다. 이삼일을 쉬지 않고 내리던 비. 그 많은 빗물은 어디로 갔을까. 바다로 간 것일까. 홍수가 나는 일은 절대 없었다.

비가 오면 일하지 않는다. 이삼일 휴가인 셈이다.

나는 다다미 방안에 우두커니 앉아 있었다. 열린 들창문을 통해 비가 들이친다. 나는 그 모습을 보며 앉아 있다. 왜 지금 화자 언니 생각이 날까.

겨울이 오고 눈이 내리면 집 앞의 언덕은 빙판길이 되었다.

언니는 밤이면 내게 헌 바지를 하나 덧입혀 썰매를 태워준다며 입가에 검지를 가져다 댔다. 엄마에게 비밀로 하라는 신호였다. 엄마는 평소에 옷을 입고 방바닥에 눕는 일도 허용하지 않았다. 그것을 아는 언니는 빨래할 옷을 덧입히고 시멘트부대를 여러 겹 겹쳐 깔판을 만들었다. 우리는 살금살금 대문을 열고 나가 몇 계단을 내려섰다. 그곳부터 빙판길이었다. 종이부대를 넓게 깔고 언니가 앞에 앉고 나는 언니의 허리를 잡고 앉았다. 그리고 저 밑 신흥사 입구까지 내려갔다. 나는 화자 언니의 허리를 꼭 잡고 고개를 뒤로 젖히고 와, 소리를 질렀다. 하늘을 바라보았다. 초승달도 웃고 있었다. 하나도 춥지 않았다.

나는 빙긋이 웃는다. 그러다 갑자기 생각난 듯 편지를 쓴다. 한국의 남동생에게. 또 친구에게 소식을 전한다. 남동생에게는 꼭 검정고시 학원에 가라고 간곡히 권한다. 내가 한국으로 부친 돈으로 얼마든지 갈 수 있으니, 엄마한테 얘기해서 학원비를 타라고, 그래서 공부해야 한다고, 그렇지 않으면 후회한다고 신신당부한다.

옆에 있던 언니가 슬며시 다가와 내 편지를 넘겨다보며 말한다.

"이 주소 좀 써 줄래?"

엽서만 한 파란 항공 편지지에 日本國 本土 沖繩縣 和泉 (일본 본토 오키나와현 이즈미)…' 나는 한문으로 써 준다. 그러자 언니는 웃으며 열 장을 슬쩍 내밀었다. 그렇게 조금씩, 조금씩 언니들과 사이를 좁혀갔다.

　한겨울, 사북엔 검은 눈이 내린다고 했다. 검은 눈이 내린 그곳은 어떤 모습일까. 나는 창경원을 가 보았고, 언니는 그곳을 가 본 적도 없다고 했다. 언니는 사북의 검은 눈을 알고 나는 검은 눈을 본 적도 없다. 아무것도 어느 것도 공유된 것은 없다. 사람은 각자 저마다의 공간에서 자라고 그 공간의 사물을 보며 성장하며 사유한다. 우리에겐 공통분모라는 것이 없다. 그저 너는 너고 나는 나다. 너와 나의 한계이다.

　그러나 지금은 오키나와에 함께 와 있다. 사람과 사람 사이에는 잠시 공유했다가 멀어지는 그런 지도가 있나 보았다.

　언니의 소원은 창경원에 가 보는 것이라며 그곳에 대해 내게 묻기도 했다.

　"창경원엔 홍학이 살아요. 홍학의 춤은 너무 아름답죠."

　어릴 때, 아빠와 함께 창경원에 놀러 가서 본 장면이 떠올라 나는 그렇게 말해 주었다.

　다른 언니는 연애편지를 청하기도 해, 나는 편지를 대신 써 주기도 했다. 순박하고 착하고 모진 데 없는 언니들이다.

　하루는 편지가 왔다. 봉투를 여니 엽서 한 장이 떨어진다.

　고등학교 때, 독서신문에 시를 투고해 시가 실렸고 무려 삼천 원의 상금을 받은 적 있었다. 그 시를 보고 평을 써 보낸 국문과 학생이 보낸 엽서였다. 그 학생과 펜팔이 시작돼 이곳에 오기 전까지 편지를 주고받았었다. 그에게서 온 엽서였다.

'난 애플 다방에서 말러를 듣고 있소. 장발 단속이 심하오. 집으로 돌아갈 일이 난제요. 대체 어디로 간 거요? 하도 연락이 없기에 주소를 들고 집까지 찾았다오. 만나보고 싶소. 영환이가.'

나는 툭, 말했다.

"말러라고? 구스타프 말러."

말러의 심포니가 들리는 듯했다. 편지를 들고 "말러라고?" 하는 내 목소리가 너무 컸었나 보았다. 주위의 언니들이 놀라 내 주위로 모여들었다.

"얘, 너 무슨 소리 하니? 뭘 말려? 왜 편지에 안 좋은 소식이라도 왔어?"

언니들은 그렇게 물으며 잔뜩 걱정하는 표정을 보였다.

나는 그 모든 음악이 그리웠다. 멘델스존과 브르흐와 차이코프스키의 바이올린 협주곡이 그립고 그리웠다. 바흐와 베토벤과 모차르트의 피아노 소리가 귓바퀴에서 들리는 듯했다. 음악을 들을 수 있다면 소원이 없겠다는 생각을 잠시 했다.

나는 곧 그를 부러워했다. 맘껏 말러를 들을 수 있는 그를.

이곳엔 흔한 라디오 하나 선풍기 하나 없었으니까 말이다.

집에 찾아온 그에게 내 주소를 가르쳐 주지 않고 엄마가 대신 항공 편지에 넣어 보낸 것이었다. 그의 바르고 예쁜 글씨에 반했을까. 어느 땐 그는 엽서에 시를 적어 보냈고 어느 땐 하루 일정을 엽서에 써 보내기도 했다. 얼굴도 모르는 그에게 나는 답을 할 수 없었다.

날마다 똑같은 파인애플과의 전쟁이었다. 그건 소리 없는 냄새와의 전쟁이기도 했다.

파인애플이 썩어가는 동안 우리는 서서히 파리해져 가고 있었다. 아니 파리해져서 조금씩, 조금씩 늙어버린 거 같았다. 우리의 몸피에 스며드는 수상하고도 아픈 냄새들. 냄새들은 우리를 가두고 가두었다.

일을 끝내고 기숙사로 돌아와 밤 열 시쯤이면 우리는 배가 고팠다. 날마다 똑같은 허술한 반찬에 우리는 모두 속 쓰림을 경험했다. 어느 언니가 말했다.

"우리 식당에 가 보자."

그렇게 시작된 찬밥 훔치기였다. 우리는 허기를 메우기 위해 찬밥을 훔쳤다. 식당에 들어선 언니는 양푼에 찬밥을 붓고 왜간장을 부어 비볐고 일제히 양푼에 숟가락을 넣고 먹기 시작했다. 입안에 번지는 왜간장의 냄새가 입맛을 끌어왔다. 꿀맛이었다. 이 찬밥 훔치기는 여러 달 계속되었다.

어느 날, 우린 다른 지역으로 파견되었다. 우리 지역에 파인애플이 덜 들어올 때면 다른 지역의 많은 물량을 소화하기 위해 서로서로 품앗이했다.

그곳도 하는 일은 똑같았다. 연장 근무수당도 지급되었다. 우리는 깜짝 놀랐다. 식당에 차려진 밥상을 보고 우리는 어안이 벙벙했다. 식탁에는 불고기를 비롯해 채소와 카레 등등이 차려져 있었다. 시금치도 있었다. 얼마 만에 보는 푸성귀인가. 우린 허겁지겁 먹기 바빴다. 오가는 얘기론 우린 날마다 이렇게 먹고 식대에서 남은 돈은 똑같이 나눠 갖는다는 등의 얘기였다.

그렇다면 우리는 어떻게 된 일일까? 밤 열한 시에 숙소로 돌아와 모두 허탈한 기분에 빠져들었다. 여기서 자세한 얘기를 다 할 수 없다. 반장 부반장 엄마가 우리 식대를 떼어먹고 온갖 물건을 사들였다는 사실을. 코끼리 전기밥솥부터 시작해 ….

장부도 찢어져 알 수 없었다. 이 일에 앞장선 언니가 한국대사관에 전화를 걸었다. 밤새 차를 달려 새벽에 도착한 대사는 장부와 근거가 없으니 끝이라고 결론을 내리고 돌아갔다. 우리는 뭔가 억울했다. 그러나 그것을 들어주고 공감해 줄 사람은 아무도 없었다.

일본어를 잘하는 언니가 공장장 요하상을 찾았다. 요하상은 말했다. 같은 동포끼리 속이느냐, 너희들이 알아서 해라, 그러며 화를 내었다 한다.

창피했다. 창피하고 창피했다.

어느 날 아침, 다른 방 언니 하나가 요하상에게 질질 끌려 나왔다. 빠가야로! 요하상은 언니의 뺨을 힘껏 갈겼다. 나는 순간 내 뺨을 잡았고 언니는 그 자리에서 쓰러졌다. 언니는 생리통이 심해 일하러 나오지 않고 자고 있었다고 했다.

감시와 감시의 눈은 어느 곳에나 있었다. 우리는 감시의 눈을 절대 피할 수 없었다.

8월 16일이었다. 조회 시간에 우리에게 검은 리본을 달게 했다. 요하상은 단상에 올라 그날따라 엄숙하게 말했다.

"어제 한국의 서울 광복절 기념식에서 영부인 육영수 여사가 북에서 보낸 문세광의 총에 맞아 돌아가셨다. 이에 애도를 표합니다."

그리고 애국가가 흘러나왔다. 이곳은 세상과 단절된 곳이었다. 우리는 세상과 무관했으며 잊혀 있었다. 그러나 그 뉴스에 우리는 존재감이 곧 살아났다. 일본 땅에서 일본인을 통해 듣는 광복절. 그 뉴스는 아이러니하고도 괴팍하게 들렸다.

여기저기서 언니들이 훌쩍훌쩍 울기 시작했다. 어쩌면 각자의 설움을 생각하며 울었는지도 몰랐다.

서울에는 지하철 1호선이 개통됐고, 극장에서는 알랭 들롱과 장가방이 주연하는 "암흑가의 두 사람"이 흥행했고, 송창식이 부른 "왜 불러"라는 노래가 유행하고 있다고 친구의 편지에 적혀 있었다.

비가 내리면 보따리장수가 기숙사에 드나들었다. 007가방에 시계나 귀걸이 같은 장식품을 가져와 우리 앞에 펼쳐 보였다. 언니들은 결혼 선물로, 혹은 가족 선물로 시계를 사들였고, 그 자리에서 송곳으로 귀를 뚫어 귀걸이를 걸었다. 그 귓바퀴들은 곧 염증을 일으켰다.

나는 옆에 앉아 열심히 구경했다. 언니들의 귀가 뚫릴 때마다 나는 함께 찡그리며 귀를 잡았다.

평균 삼십오만 엔이 월급통장에 찍혔다. 나는 일만 엔만 남기고 열심히 집으로 송금했다.

'이반 데니소비치는 방한화를 벗기 시작했다. 매트리스에 뚫린 구멍을 넓히고 재빨리 톱밥 속에 빵 토막을 집어넣었다 ….'

'민족을 두고 따지는 건 어리석은 일이다. 어느 민족이건 나쁜 놈은 반드시 있는 법이다.'

〈이반 데니소비치의 하루〉 중에 나오는 문장이다. 내가 이곳에서 이 문장을 읽어서 무엇을 어떻게 한단 말인가. 그러나 나는 죽도록 읽고 또 읽었다.

우리는 독물처럼 쓰리게 피부를 괴사시키는 파인애플 생즙을 발등에 받아내며 간혹 사탕수수를 씹었다. 날이 갈수록, 우리의 발등에는 수상한 자국이 더 깊게 파여 갔다. 오키나와는 인구보다 자동차가 더 많다고 했고, 오토바이도 많았다. 더불어 폭주족들도 많았다.

자리 이동이 있었다. 몸이 가장 약한 나와 언니 하나가 뽑혀 갔다. 그곳은 시스템의 최종단계였다. 통조림이 쪄 나오면 그걸 받아 박스에 넣는 일이었다. 그 팀에 가 보니 본토 여인들이 대부분이었다. 나이 든 여인들이었다.

오후 세 시에 십오 분 휴식 시간이 주어져 잠시 앉을 수 있었다.

"조센징!"

나는 깜짝 놀라 의자에서 벌떡 일어섰다. 젊은 남자가 뭐라 하는데 알아들을 수 없었다.

짐작건대 왜 앉았느냐는 말 같았다. 조센징! 그 소리. 역사의 뒤편에서 울려 퍼지는 소리였다. 일제의 잔재물이었다. 왜 내가 지금 조센징이라는 소리를 듣는가. 그 소리는 아프게 들렸다. 나는 힐끔 내게 조센징이라고 부른 남자를 쳐다보았다.

방금 쪄 나온 통조림은 매우 뜨거워 나와 짝이 된 언니와 진땀을 흘렸다.

강고꾸노 복구상 오뎅와 …. 사무실에서 흘러나오는 멘트였다. 반장 엄마의 성이 박씨였다.

왜 그들은 우리의 편이 돼 주질 못했을까. 그들은 일본어를 잘한다는 이유로 한철 이렇게 따라다니며 돈을 갈취하는 사람들 같았다.

츄라우미 해양박물관이었을 것이다. 우리는 된장 박힌 주먹밥과 미깡주스를 들고 이곳에 온 지 처음으로 나들이했다. 박물관 앞에는 어마어마한 비단구렁이가 똬리를 튼 채, 철망에 갇혀 있었다. 그 구렁이의 표피는 정말 비단처럼 예쁘고 영롱했다. 또 그 옆에는 산호로 깎아 만든 온갖 장식품들을 파는 가게가 줄을 잇고 있었다. 산호가 많이 나는 섬이었나 보았다.

우리는 수심 이백 미터의 달팽이 계단을 내려가 바닷속을 구경했다. 새빨간 불가사리와 이름 모를 물고기 떼들이 몰려다니고 있었다. 여기저기서 탄성이 터져 나왔다. 나는 깊고 푸른 저 바다에 빠지고 싶었다.

이제 내 나라로 돌아가 생의 다리를 놓을 것을 생각하면 암울하기만 했다. 막막하게 흔들리는 물결들을 보며 나는 갈등했다. 다시 세상으로 올라갈 수 없을 것 같았다. 하얗게 머리를 흔들며 서 있는 산호초는 언니들이 내지른 소리에 놀라 자꾸 몸을 뒤척였다.

엄마로부터 편지가 왔다. 레브론 파운데이션을 사 오라는 거였다. 엄마의 뽀얀 얼굴이 떠올랐다. 날마다 폰즈 콜드크림으로 맛사지하고 스팀 타올을 얼굴에 얹는 엄마의 얼굴을 생각하다 나는 얼른 고개를 흔들었다. 기억은 꼬리를 물고 떠올라 나를 괴롭혔다.

나는 얼른 화자 언니를 생각했다. 부지런하고 깔끔하고 마음이 예쁜 언니를 떠올렸다. 언니는 엄마가 외출하면 얼른 마루의 의자를 눕혀 놓고 총채로 먼지를 털고 청소했다. 그리고 한참 동안 의자를 세우지 않았다.

"언니, 왜 의자를 눕혀 놔?"

언니는 웃으며 내게 말했다.

"온종일 앉아 있으려니, 얼마나 허리가 아프겠니? 그래서 좀 쉬라고."

나는 어렸어도 그 말을 알아들을 줄 알았다. 아니 언니의 심정을 알았다고 해야 할까. 장마 통에 천둥과 번개가 칠 때도 나의 귀를 막아주며 말했다.

"저건 바람이 늙어서 그런 거니 놀라지 마. 늙어서 노여움을 타는 거니까."

나는 언니의 말을 들으며 잠을 청했던 것 같다. 언니가 해준 말들이 아직도 생생하게 살아있었다.

화자 언니는 아리랑 잡지를 열심히 읽으며 무엇인가 공책에 쓰기도 했다. 한문 공부도 열심히 하는 것 같았고. 고향의 동생들에게 편지를 쓰곤 했다.

파인애플 꼭지를 자르던 순이 언니는 엄지손가락까지 내리쳐 손가락을 잃었다. 병원에 다녀온 언니는 붕대 감은 손을 입에 대고 갑자기 노래한다.

　잘 있거라 나는 간다. 이별의 말도 없이 … 대전 블루스라나 뭐라나. 어찌나 슬프고 구성지게 부르는지 언니들이 다 울었다. 나도 울었다.

　흉한 소문도 들려왔다. 다른 지역에서 일하던 언니는 밤에 나가 돌아다니다 오토바이족에게 끌려갔다고 했다. 이 모든 일은 자신이 책임질 일이었다.

　바람이 서늘해지고 있었다. 우리는 살 것 같았다. 섬사람들은 사무이, 사무이 하며 솜저고리를 꺼내 입고 어깨를 올렸다. 그새 새끼 도마뱀은 자라 어디론가 떠났다. 커다란 야구글러브만 한 바나나. 한 손에 백 엔 하던 그것도 시들했다. 더 이상 파인애플은 밭에서 자라지 않고 있었다.

　이제 돌아갈 때인가 보다. 나는 차라리 이곳에 있고 싶었다. 언니가 보고 싶었다. 언니는 어디로 간 것일까. 남동생은 검정고시 준비를 하는 것일까. 막내는 중학생이 되어 있겠지. 막내 여동생을 생각하니 웃음이 번졌다. 내가 국민학교 시절, 오후반이 되어 학교에 가려고 하면 화자 언니 품에 안겨 막 울던 아이였다. 자기도 학교에 간다고 그렇게 섧게 울었던 아이. 그러면 화자 언니는 그 아이를 업고 내 가는 학교 길에 동행했었다. 그 아이가 벌써 중학생이 되었다.

　〈이반 데니소비치의 하루〉.

'이렇게 하루가, 우울하고 불쾌한 일이라곤 하나도 없는, 거의 행복하기까지 한 하루가 지났다. 이런 날들이 그의 형기가 시작되는 날부터 끝나는 날까지 만 10년이나, 3653일이나 계속되었다. 사흘이 더해진 것은 그사이에 윤년이 끼었기 때문이다.' 끝.

나는 이 책을 덮어 가방 깊숙이 넣었다.

회사에서는 파인애플 통조림 10개씩 모두에게 나눠 주었다. 그것도 가방에 넣었다.

어느 젊은 남자가 나를 찾아왔다. 개꼰식? 손을 내밀며 개꼰식을 발음했다. 도통 알 수 없었다. 누가 말했다. 저 남자가 너랑 결혼하고 싶대. 결혼식 하자고 하잖아.

나는 고개를 흔들었다. 남자는 흰 이빨을 드러내며 내년에 또 오라고 했다.

나하 구꼬에 도착하자 나는 반장 엄마에게 말했다. 레브론 콤팩트를 사고 싶다고.

11월 말쯤 한국에 도착했다.

공항에 나서니 엄마와 동네 아줌마 한 분이 마중 나와 있었다. 나는 반가운 마음에 엄마, 하고 부르기도 전, 엄마는 내 등짝을 탁, 치며 말했다.

"어문 놈 하나 붙들어 거기서 살지 오긴 왜 와?"

이것이 첫마디였다. 화가 일어나기 전에 벌써 날 꿇어앉히는 것이 있었다. 나는 아무 말도 할 수 없었다.

갑자기 기온이 바뀌니 정신마저 혼란했다. 집에는 막내 여동생만 학교에 다니고 있었다. 나는 감히 묻지 못했다. 언니와 남동생의 안부를 묻지 못했다. 엄마 입에서 어떤 소리가 튀어나올지 두려웠다.

며칠을 내 방에서 꼼짝도 하지 않았다. 아무 책이나 펼치고 앉아 생각했다. 앞으로 무슨 일이 일어날지 아무도 모른다. 내 미지수의 생이 두렵기만 했다. 앞으로 무엇을 하며 어떻게 살 것인가. 대책 따윈 없었다.

세상에는 이름 없는 것과 이름 있는 것들이 있다. 그것들 위에 내 몸을 얹고 그대로 살아간다면 그건 억울한 일일 것이다. 나는 이름도 얻지 못해, 무엇이 되지 못해 이렇게 서러운 것인가. 모래도 모래라는 이름을 얻었거늘. 들꽃도 각자의 이름을 얻었거늘, 나는 어떤 이름도 가지지 못해 늘 서성거리고 있었다.

삶. 생…. 이것은 나와 너무 동떨어져 보였다. 사는 것과 살아지는 것은 엄연히 다른 것이다. 목숨이 붙어있어 살아지는 것. 살아지는 것의 어떠함은 늘 불안을 가져왔다.

크리스마스가 지나고 새해가 왔다. 오랜만에 신문을 펼쳤다. 오래전부터 아빠가 보던 신문, 조선일보였다. 오키나와, 이런 문구를 본 것 같았다.

이즈미에서 일어난 모든 일이 사회면 전면에 기사로 실려 있었다. 나는 얼굴이 화끈거리고 심장이 두근대 진정할 수 없었다. 두 눈을 부릅뜨고 똑똑히 보았다. 그리고 그 신문을 박박 찢었다. 혹여 엄마가 볼까 두려웠다. 아니 두려운 것은 아니었다. 이 치부. 치부를 드러낸다는 것이 싫었다. 아니 자존심이 상했다고 해야 할까. 이것을 뭐라 설명하면 좋을까. 누군가 신문사에 연락해 사실을 폭로했나 보았다. 누굴까? 나는 누구도 봐서는 안 될 기사라고 생각했다. 나는 나만 아는 비밀로 해 두고 싶었는지도 몰랐다. 특히 가족에게는 더욱 알리고 싶지 않은 사실이었다.

나는 엄마에게 내가 부쳐준 돈에서 반이라도 달라고 했다. 엄마는 없다고 했다. 그러면서 지갑에서 만 오천 원을 내게 던졌다. 만 오천 원이 일본에 가서 고생한 값이었다.

이것이 남은 돈 전부였다. 그때 돈으로 환산을 한다면 집 한 채 값 정도는 벌어온 셈이었다.

나는 그저 황망했다. 화도 더 이상 일어나지 않았다. 나는 만 오천 원을 들고 르네상스에 갔다. 그리고 온종일 앉아 있었다. 오랜만에 듣는 음악에 취해 잠시 시름을 잊기는 했다. 나는 무엇을 어떻게 해야 좋을지 몰랐다. 나는 쫓기는 기분이었다. 아득한 사막 한 벌판에서 발을 옮기면 푹 빠지고 또 한 발을 옮기면 다른 발이 빠져나오지 못하는 꼴이었다. 그런데도 뒤에서는 보이지 않는 발소리가 내 뒤를 항상 쫓아왔다.

엄마가 말했다. 동창 남편이 하는 성형외과에 가 보라고 했다. 나는 이제 포기한 상태였다. 그저 시키면 시키는 대로 몸이 알아서 움직이고 있었다. 내 생각은 엄마 앞에선 쓸모없는 휴지 쪼가리가 되었으므로. 앞으로 얼마나 좌절을 겪어야 할까.

여름날, 어린 동생의 까맣게 탄 어깨를 보며 나는 눈물이 났다. 동생 어깨에 내려앉은 석양의 잔해를 보며 연민했다. 동생의 울음소리가 들리면, 밖으로 뛰어나가 누군가 동생을 때렸으면 내가 대신 그 애를 혼내 주었다. 좌절. 이 풀 수 없는 단어를 나는 이렇게 누군가의 편이 되어주는 것으로 대신 드러냈다. 누군가 내 편이 되어준다는 것. 나는 그것을 간절히 바라고 있었나 보았다.

종로에 있는 성형외과는 성업 중이었다. 여운계, 김추자… 등이 와서 여기저기 째고 꿰매고 갔다.

나는 수술실에 처음 들어가 쓰러지고 말았다. 의사가 피부를 메스로 가를 때 나는 피를 보고 빈혈을 일으켰다. 나는 결국 뒷수습하는 자리로 밀려났다. 온종일 수술실에서 나온 피 걸레를 빨았다. 거즈에 묻은 살점을 일일이 뜯어내었다. 나는 구역질하며 살점을 핀셋으로 뜯어낼 때 내 살을 조금씩 뜯어내는 것 같았다. 그리고 거즈 걸레를 빨고 또 빨았다.

엄마에게 말했다. 타자 배워 일반 사무실에 취직하고 싶다고 했다. 타자 학원비용 삼천 원만 달라고 말했다. 엄마는 단칼에 거절했다.

"타자 배우려거든 네가 벌어서 배워!"

그게 다였다. 그건 마치 신이 내린 음성처럼 들렸다.

사월, 어느 봄날이었다. 병원 청소를 하다 '독약'이라고 쓰인 장을 발견했다. 나는 열쇠로 열었다. 다른 것은 모르겠고, 페노바르비탈이라고 쓰인 병을 발견했다.

아, 페노바르비탈을 여기서 만나다니 … 전봉건 시인의 형인 전봉래 시인이 6·25 때 남포동 다방에서 이 약을 먹고 자살한 걸 어느 책에서 읽었다. 그의 유서가 써져 있었다.

"페노바르비탈을 먹었소. 바하가 흐르고 있소 … 삼십 분이 지났소, 아무렇지도 않소 … ."

그러면서 청백한 시인은 죽어갔다. 나는 가슴이 뛰었다. 왜 가슴이 뛰었는지 모른다. 다만 내가 알고 있는 약 이름, 더욱이 시인이 먹고 죽어간 그 페노바르비탈을 만났다는 것이 반가웠고, 기꺼웠다.

그리고 처음으로 비웃음을 지었다. 잠깐 어떤 모습이 떠올랐다가 사라졌다. 약병을 든 여자가 시리게 웃고 있는 모습을 보았다. 나는 이 비웃음이 사라지기 전에 어서어서 페노바르비탈을 삼켜야 한다고 생각했다.

나는 그 약병을 몰래 가방에 넣어 가지고 나왔다. 나는 더 이상 이렇게 살고 싶지 않았다. 이제 더는 못 참을 것 같았다. 그리고 아무것도 생각나지 않았다. 아니, 아무것도 생각하지 않으려 했고, 백지처럼 하얗게 머리를 비워냈다. 언니도 동생도 까맣게 잊어버렸다.

나는 마리오네트에 달린 줄을 하나씩 끊었다. 끊고, 끊고, 끊어냈다. 나는 어떤 일을 시행하는 자처럼 담담히 그 일을 했다.

소다 가루처럼 하얗게 빛나는 가루를 아무 생각 없이 물과 함께 마셨다. 한 반이나 삼켰을까. 주전자의 물이 거의 비어 갔다. 배가 불렀다. 먹다 먹다 지쳤고, 그러다 쓰러져 잠이 들었다.

눈을 힘겹게 떴다. 눈꺼풀이 그렇게 무거운 것인 줄 처음 알았다. 흰 천장이 보이는 것도 같았다. 형광등 불빛인가. 그것들이 쏟아져 내려 눈이 아팠다. 다시 눈을 감았다.

'여기가 어디지?'

문 열리는 소리가 들리고, 발자국 소리가 들리며 누군가 내게 얼굴을 가까이 댔다. 손에 따스한 감촉이 전해졌다.

"누가, 누가 이 예쁜 학생에게 몹쓸 짓을 했어요? 이건 어디서 난 겁니까?"

의사는 손에 든 약병을 들어 보였다. 의사의 눈물이 내 얼굴에 떨어지고 있었다. 나는 그제야 내가 죽지 않고 살았다는 것을 깨달았다.

'왜 내가 살았을까. 왜 죽는 것도 마음대로 되지 않는 것일까.'

여러 생각들이 지나갔다. 그리고 의사의 따스한 손과 따뜻한 눈물에 갑자기 설움이 북받쳤다.

아빠가 돌아가신 후, 한 번도 위로의 말을 건넨 사람 없었고, 따뜻하게 안아주는 사람 없었다.

"밥 먹어라", "힘들지" 따위의 일상적인 말도 들어본 적 없었다.

맨 몸뚱이인 채 거리의 낙엽처럼 뒤척였다. 쓸리면 쓸리는 대로, 발길에 차이면 차이는 대로 무생물이 된 듯 그냥 그렇게 있었을 뿐이었다.

이 사람은 누구길래 날 위해 눈물을 흘린단 말인가. 어떻게 그럴 수 있을까.

단지 내가 기댈 수 있는 건 책뿐이었다. 책 속에 나는 구원이 있을까 해 미친 듯 책을 읽었다. 그 많은 책 속에도 구원은 보이지 않았다. 책들의 뼈대들도 튼튼하지 못했다. 그것에 매달려 있다는 것이 얼마나 허망한 일인지 몰랐다.

얼마나 잤을까, 눈을 뜨는 것, 손을 들어 올리는 것도 맘대로 되지 않았다. 눈을 뜨니 앞에 엄마가 보였다. 나는 흠칫 놀랐다.

"너 쑈 한 거지? 쑈 한 거 내가 모를 줄 알아?"

엄마는 차갑게 쏘아보며 말했다.

쇼라니? 쇼. 내가 페노바르비탈을 삼킨 것이 한낱 쇼가 되었다. 후라이보이 곽규석이 말하는 쇼쇼쇼였다.

내 자살을 쇼라고 단정 짓는 엄마의 속마음이 들여다보였다.

"네가 부린 쇼, 네가 수습해. 나는 모르니까. 알았지? 나는 네 쇼에 속아 넘어가지 않아. 쇼라도 부리면 뭐가 달라질 줄 알아? 못된 년."

쇼라는 그 한마디 말 속엔 이런 말이 숨겨져 있었던 거다. 그리고 어떤 것들을 회피하고자 하는 마음이었을 게다. 그렇게 말하는 엄마를 보며 나는 다시 살았다는 것이 끔찍하고도 끔찍했다. 그렇게 말해 둬야 할 것 같은 엄마의 심사를 내 모르는 바 아니었다.

나는 얼른 다시 눈을 감았다.

그때도 저 눈초리였어. 중학 때도, 고등학교 다니던 언니와 함께 대문 밖으로 쫓겨날 때 우린 발가벗었었지. 조금만 거슬리면 무릎을 꿇리고 허벅지를 얼마나 꼬집었던가. 겨울날 입은 스웨터가 헤진다고 눕지도 못하게 했던 저 눈초리. 이젠 공포스러웠다. 보고 싶지 않았다. 나는 눈을 감아버렸다. 다시는 눈을 뜨지 않을 것처럼.

일주일째 물 한 모금 마시지 못했다. 꼼짝도 할 수 없었다. 일어날 수 없었다.

얼마나 지났는지 모른다. 살아났다는 사실에 절망하며 누워 보낸 시간들. 한낱 쇼에 불과했던 내 자살 시도는 이렇게 허망했다.

엄마와 중학 동창 인숙이가 왔다. 인숙인 나를 보자 울기 시작했다. 엄마는 옆에서 중얼대며 앉아 있었고, 인숙이 의사를 만나고 돌아오더니 엄마에게 말했다.

"제가 데리고 가겠어요."

인숙이의 목소리는 단호했다. 나는 고개를 저었고 엄마는 수긍했다.

나는 인숙이 등에 업혀 인숙네로 갔다. 인숙 엄마는 나를 보자 한탄했다.

"친정이 반 팔잔데 어찌 딸내미를 이렇게 만들었노. 니 우리 큰딸 해라. 우리 같이 살자."

나는 아무 소리 못하고 누워 있었다. 나중에 알고 보니 엄마는 인숙에게 전화했고, 눈치 빠른 인숙은 병원비를 다 지불했다고 했다.

나는 두 달 가까이 꼼짝도 못 하고 누워 있었다. 누워서 녹

두죽을 받아먹었고 누워서 대소변도 보았다.

의사가 그랬다. 목숨 건진 것이 천운이라고 했다.

나는 바보가 돼 있었다.

눈 풀린 자를 본 적 있는가. 그걸 어찌 설명해야 할지 모른다. 거울을 대주며 인숙이가 말했다.

"네 모습을 봐."

거울 속에 낯선 이가 보였다. 그건 내가 아니었다. 아니, 사람의 얼굴이라고 말할 수 없었다. 나선형의 눈동자는 한없이 팽이 모양을 그리며 어디론가 깊숙이 들어가 있었다. 흉악한 가면을 쓴 사람이 거울 속에 보였다. 그 속에 있는 나. 또 그 속에 있는 나. 또 또….

눈동자의 홍채도 사라진, 사람이 아닌 나, 나…. 눈은, 눈빛은 그 사람을 말한다. 눈빛도 없는 나는 족히 이백 년쯤 사장되었던 미라의 모습이었다.

나는 일어나려 했지만 일어나지지 않았다.

시간은 아주 서서히 흘렀다. 잠시 잠에서 깨면 인숙 엄마의 일하는 소리가 들린다.

옆방에서 탁, 탁 소리가 들려온다. 인숙 엄마는 비닐을 접고 자르고 촛불로 붙여 방산시장에 납품한다. 외딸 인숙이 행여 밖에서 불량배 만나면 빼주라고 순금 반지를 채워주는 엄마였다.

"내가 친정엄마 해줄게. 시집도 보내줄게." 하며 내 머리를 넘기시던 인숙 엄마.

사람은 무엇으로 살아지는가.

무엇과 함께 울어야 하는가.

이제껏 나쁜 마음 한번 먹은 적 없고 아빠의 가르침대로 가난한 자를 불쌍히 여기며 살았다. 또 화자 언니가 매사 예쁜 말로 내게 해주던 소소한 것들이 어쩜 나를 지금 있게 했는지도 몰랐다.

그런 일도 있었다. 저녁나절이면 깡통을 들고 "밥 줘," 하는 거지가 우리 집에 왔다. 마침, 아무도 없었다. 나는 거지를 불러들여 부엌으로 갔고 밥을 차려주었다. 거지는 허겁지겁 밥을 퍼 넣었다. 그때 부엌문이 열리고 엄마가 소리를 질렀다. 거지가 간 후, 나는 무섭게 매를 맞았다. 국민학교 때 일이었다.

나는 속으로 말했다.

"이왕 주는 것 따뜻한 데서 먹으면 좋잖아. 얼마나 추웠을 텐데."

헐벗은 거지의 모습이 눈앞으로 지나갔고 나는 몹시 속상했다.

"이럴 때 언니가 있다면. 언니를 찾아야 한다."

나는 그 이유로 일어났다. 방안에서 조금씩 움직였다. 아주 조금씩 눈빛과 눈동자가 돌아오고 있었다.

여름이 되었다. 인숙이가 내어준 옷은 터무니없이 컸다. 38킬로그램의 몸으로 서 있는 것. 공기 중 바람도 저항하지 않고 슬며시 지나가는 것. 내게 중력이 있었나를 떠올려 본다. 나조차 중력을 느끼지 못했다.

내 모습은 들판에 선 허수아비에게 아무 옷이나 걸쳐놓은 것 같았다. 인숙과 나는 그때 처음으로 마주보며 웃었다. 웃다가 곧 눈물을 글썽거리고 있었다. 왜 삶은 단순하지 않는가. 하늘을 보고 웃으며 잠자리가 날아가는 것에 계절을 느끼는 것이 단순한 삶 아닌가. 그렇게 단순하게 맑게 살고 싶었다.

바람 불면 날아간다고 인숙은 묵직한 백을 내어주었다.

'집에 가자. 집에 가는 거야. 집에 가서 언니를 찾아야 해.'

나는 삶으로 다시 돌아온 것일까. 살아있는 것들은 아름다운 채로 살아있었다. 그것들을 해석할 방법은 어디에도 없었다. 아무도 해석을 내놓은 이 없었다. 생은 맨발로 서 있는 한여름 양철지붕 같은 것이기 때문이었을까.

집에 도착해 대문을 밀었다. 꼭 남의 집에 처음 온 방문객 같았다. 발을 디밀고는 왠지 낯설어했다. 와자한 소리가 들렸다. 안방엔 아줌마들이 모여 참외를 먹으며 계돈 얘기를 하고 있었다. 엄마는 오래전부터 동네 계 오야였다.

내 방문에 자물쇠가 달려있었다. 불길한 생각이 들었다. 아빠의 책들이 눈앞으로 지나갔다.

낯선 이가 들어와 자물쇠를 땄다. 누구시냐고 물으니 세든 이라고 했다.

엄마의 표정은 싸늘했다.

"뭐 하러 왔어?"

언니 만나러 왔다고 했다.

"살 만한가 보구나 너도. 방 하나 내줄 테니 월세 내. 남동생도 지방에서 일하며 돈 꼬박 보내고 있다."

결국 남동생도 공부를 포기한 것 같았다.

"엄마, 내 방에 있던 책은?"

"책? 지겹다. 너도 니 애비 닮아 책 타령이냐? 책에서 밥이 나와, 쌀이 나와? 고물상에 다 팔았다."

아아…. 아빠의 생이 아니 나의 생이 고물상 리어카에 얹혀 덜덜거리며 팔려 가고 있었다.

양문문고 전집, 창간호부터 있던 사상계. 을유문화사 세계문학전집, 세계문화사, 가와바타 야스나리 전집, 삼국지…. 그 외에 수많은 책들, 책들.

나는 울었다. 언니가 잠자던 방에 언니의 옷을 잡고 울었다.

나는 언니 친구들에게 연락해 보았다. 다 모른다고 했다. 정신을 차려야 한다. 여기서 살아내야 한다.

이제 엄마가 무슨 소릴 해도 두렵지 않았다. 오히려 마음이 착 가라앉고 있었다. 분노가 연민으로 바뀌는 시간까지 얼마나 많은 세월을 견뎌야 할까.

나는 엄마를 증오했을까. 애증하고 있었나? 이 덧없는 덫. 나는 그것을 벗어 벽에 걸었다.

중학교 때부터 하루도 빠짐없이 써 온 일기장도, 교과서도, 시문학 월간지도, 아빠가 일본에서 사온 톰보우 색연필도 없이 무엇을 어떻게 시작해야 좋을지 몰랐다. 나는 덩그마니 남아 있는 아빠 책상에 엎드려 생각했다. 밖을 내다보니 모두 낯선 풍경이었다. 마당 구석 작은 연못가에 채송화가 보인다. 화자 언니의 웃는 얼굴도 보인다. 아, 화자 언니. 지금도 그 언니가 보고 싶다.

가슴 뛰며 보던 화단의 꽃들도 그저 그렇다. 모든 것이 무심해졌다. 직장을 알아봐야 한다. 나는 무심히 일어나 마루의 신문을 가져와 구인 광고를 본다.

'용모단정한 여직원 구함.'

나는 그곳에 전화를 했고 다음 날 약속을 잡았다.

을지로 2가에 있는 결혼상담소였다. 소장은 여자처럼 다리를 다소곳이 모으고 앉아 이것저것 물었다. 인숙이 필요한 것 사라고 얼마간의 돈을 백에 넣어주었었다. 인숙은 MBC 성우로 들어가 MBC 탤런트와 결혼했고 아들딸 낳고 잘 살다 몇 년 전, 암에 걸렸고 천국에 갔다.

나는 월급이 중요했다. 달세를 내야 하니까. 어차피 우주에 잠시 세 들어 살다 가는 것, 이것이 인생이니까 말이다.

결혼상담소는 성시를 이루었다. 남녀의 이력을 보면 입이 벌어질 지경이었으니까. 결혼 조건은 매우 까다롭고 치밀했다. 나의 일이라는 것이 전화를 받고 약속 장소를 잡고, 그리고 남과 여를 만나게 하는 것이다. 나는 간단하게 서로를 소개해 주고 자리에서 일어난다.

몇 달 못 가 일이 생겼다. 선을 보러 온 남자가 소장한테 말했다.

"저 아가씨하고 선 보겠다"며 나를 가리켰다. "그렇지 않으면 회원에서 탈퇴하겠다"고 큰 소리로 말했다.

소장과 나는 난감했다. 이런 일이 자주 일어나자, 소장은 나를 잘랐다. 그렇게 낙오자가 된 셈이었다.

을지로에서 광교로, 광교에서 청계천으로 나는 뱅글뱅글 돌았다. 어느 큰 빌딩 앞에 서서 빌딩을 올려다보며 말했다.

"나도 나도 … 건물의 타일이라도 되고 싶다."

그래서 견고하게 박혀있고 싶었다. 점심시간에 쏟아져 나오는 여직원들을 보며 그렇게 부러워한 적이 없었다.

친구의 친구의 누가 무역회사를 소개했다. 작은 오파상이었다. 나는 타이프를 칠 줄 안다고 거짓말을 했다. 나는 타이프 앞에 앉아 당황했다. IBM 전동타이프였다. 그동안 세상은 이렇게 바뀌었다. A를 눌러보았다. 드르륵 소리를 내며 한없이

A가 찍혔다. 나는 놀란 가슴을 쓸어내렸다.

나는 직원들이 모두 퇴근하고 나면 열심히 IBM과 싸웠다. 한 달여 만에 IBM 타이프는 손에 익숙해졌다.

어느 날, 조선호텔로 심부름을 갔다. Bill지를 가져다주는 일이었다. 호텔 4층 엘리베이터에서 내리니 자주색 양탄자가 깔려 있었다. 나는 어떡하나 한참 고민하다 신발을 아주 신중하고도 겸허하게 벗었다.

한 손에 신을 들고 한 손에 봉투를 들고 사무실을 찾았다.

"저 윤 과장님 만나러 왔는데요. 백남 산업에서 왔습니다."

나는 공손히 인사했다. 출입문 쪽으로 앉은 젊은 남자는 나를 아래위로 훑어보더니 쿡, 하고 웃었다. 갑자기 일어서서 내 귀에 대고 말했다.

"아가씨, 신 신어도 돼요."

나는 신을 겸손히 신었다. 그리고 고맙다고 열 번은 말한 거 같았다.

나는 빙충맞고 세상 물정을 전혀 몰랐다. 내 세계는 이렇게 잔뜩 갇힌 세계였다.

소공동에 위치해 있는 조선호텔. 거기서 집을 가자니 난감했다. 버스정류장에 겨우 도착해 버스를 탔다. 아무리 가도 돈암동은 나오지 않았다. 기사한테 물었다.

"반대로 왔어. 내려서 건너가 타."

나는 이렇게 바보였다. 내가 가장 무서운 건 가보지 않는 길을 가는 것과 새로운 전자제품을 만지는 것이다.

어느 날, 은행에 갔다 오니 상무님이 불렀다.

"아까 점심시간에 너희 어머니 다녀가셨다. 집에 급한 일 있다고 네 월급을 가져가셨다."

머리 위에서 무언가 마구 떨어지고 있었다. 계획이 무너지고 있었다. 다리가 떨리고 손발이 떨렸다. 정말이지 직장까지 쫓아와 월급을 받아 가는 사람이 세상에 어디 있냐고 소리치고 싶었다. 이런 기분을 뭐라 해야 하나. 어떤 상실이었을까. 아니다. 또 다른 말이 있을 것이다. 생을 빼앗겨 버린 기분이었다.

퇴근 후, 나는 친구에게 전화했다. 고등학교 때 우리 집에서 자다 쫓겨난 경현이었다.

"너 무슨 일 있지? 말해."

경현이가 말했다.

차마 입이 떨어지질 않는다. 한번 시작하면 끝 간 데 없이 달려가는 엄마였으니까 말이다.

"나 또 월급 차압당했어. 이제까지 차압당한 게 한 둘이니? 내 청춘, 그 모든 날들, 추억이 고스란히 들어있는 책들, 노동의 대가, 내 꿈, 내가 피아노를 얼마나 치고 싶어 했는지 너 알지? 학교 다닐 때, 전교 일등 상장을 타와도, 상품을 타서 가져다 줘도 엄마는 눈 하나 깜짝 안 했지. 엄마는 충무로에서 옷을 맞춰 입었어. 그래도 내복 한 벌 안 사 줬지. 취직을 했는데 백이 없었어. 구두도 없었어. 난 고무신을 신었고, 비닐 쌀부대 오려 수놓고 만들어서 들고 다녔지.

하기야 아빠 돌아가시고 한 번도 용돈이란 걸 받아보질 못했지. 아무것도, 아무것도 …. 아니, 아니, 내 모든 것들을 빼앗아 갔어. 그것들이 내 모든 것들이었으니까.

J 선생님이 그러시더라. 젊은 사람이 참으라고. 근데 이젠 참을 수가 없어. 회사는 어떻게 다녀? 차비라도 남겨놓든가. 회사에 창피해서 어떻게 다닐 수 있니 ….."

나는 마구 떠들어댔다. 친구가 내 손을 잡고 눈물을 글썽거렸다.

"얘, 그래도 네 영혼만큼은 압류당하지 않았잖아. 넌 영혼이 깨끗하고 아름다운 사람이야. 그것도 순수하기까지 해. 그러니까 네 영혼을 잘 보존해. 영혼마저 망가지면 정말 끝이야."

나는 울다 친구의 얼굴을 보았다.

"영혼?"

귀에 들린 그 말은 이 세상의 것이 아니었다. 친구의 말은 내 심장을 깊게 찔렀다. 영혼. 그건 마치 세상에 없던 말이 새로 태어난 것처럼 들렸다. 그건 놀랍고도 놀라운 새 메시지였다. 영혼이란 단어. 내 생애를 걸어서라도 알고 싶은 단어였다.

아, 이것을 어떻게 어찌 풀어내야 한단 말인가.

어떤 말로도 표현되지 않는, 아니 표현할 수 없는 것을.

그래도 써야 한다. 써야만 한다.

가슴 저 밑바닥에 눌어붙어있는 암석 한 덩어리를 덜어내고자 나는 책상에 앉았다. 암석 위에 덕지덕지 올라붙은 표피를 걷어내고 세포 줄기를 자르고 핏줄마저 잘라 그 암석을 들어내야 한다. 납처럼 무거운 그것을 들어내 써야 한다.

그 오래된 암석은 벌써 나의 세포와 피를 먹고 자라있다. 아무렇게나 내려버려 둔 암석 위의 표피. 그것은 화석처럼 굳지 않았던가.

어떤 단어가 필요할까. 허리 굽은 낱말들은 이미 노쇠하였는데. 노쇠하여 허리를 펼 기운도 없어 공연히 헛기침만 하고 있는데 ….

무거운 낱말들을 생의 수레에 가득 싣고 여기까지 왔다. 영혼까지 침범한 무거운 낱말들. 낱말들.

그 낱말에 이름을 실어주어야 한다. 그 이름들은 지금 태어나는 중인지도 모른다.

신은 농담처럼 가족을 내게 던져주었다. 나는 아직 말해야 한다. 농담처럼 던져진 가족을 절뚝거리며 궁구하며 써야 한다. 어떤 가족은 더듬거림이었고 어떤 가족은 내게 연민이었다. 이것들을 아직 말해야 한다.

언니는 여상을 졸업하자마자 서울문리대 총무과에 취업했

다. 순진하고 해맑은 얼굴. 귀여운 애교머리. 착하고 순한 얼굴. 언니는 그때가 가장 예뻤다.

그리고 나는 고등학교에 막 올라갔을 때였다. 아빠가 돌아가셨고, 집안은 엉망이 되었다.

그 무렵, 언니는 가출했다. 이것이 진실일까. 나는 언니가 가출한 줄만 알고 있었다. 그래서 찾고 찾았다. 어느 곳에도 없었다. 감쪽같이 사라져 버렸다.

어느 날, 한동네에 사는 영채 언니를 만났다. 그 언니가 말해 주었다. "너희 언니 이곳에 살고 있다"고 했다. 나는 기가 막혔다. 그럼, 엄마는 알고 있었던 것일까. 내가 그렇게 찾으러 다니는 걸 알면서도 모른 척했단 말인가. 대체 왜 그런 일이 벌어졌는지 이해할 수 없었다.

나는 조마조마한 마음으로 언니가 살고 있다는 집으로 뛰어갔다. 침을 삼켰다. 조심스럽게 방문을 열었다. 담배 연기가 꽉 찬 방 안은 그야말로 아수라장이었다.

"언니 … 언니야."

나는 방으로 들어섰다. 그곳은 이미 사람이 사는 방이 아니었다.

"언니 왜 여기 있어? 그리고 이게 뭐야?"

방안 한쪽에는 속옷과 함께 빨래 더미가 한 무더기는 되었다. 재떨이의 수북한 담배꽁초. 그리고 벽에 걸린 한복이 보였다.

이것들이 언니와 함께 있는 풍경이었다.

"언니 얘기 좀 해봐."

나는 울면서 말했다. 언니는 담배에 불을 붙이더니 "휴" 소리를 내며 연기를 내뿜었다.

"엄마가 말이야. 엄마가… 난 화류계로 나가야 한다고 했어. 그렇지 않으면 몹쓸 병에 걸린다나 어쨌다나. 엄마가 어느 날 내 손을 잡고 요정으로 데려갔어. 그게 다야."

화류계는 또 뭔가. 연예계도 아니고 화류계. 나는 막연히 그 단어를 알고 있을 뿐이었다.

그것도 박수무당이 한 말이었다. 박수무당의 말은 우리 집에선 곧 법이었다.

내 안에서 무언가가 팽그르르 돌았다. 하늘이 돌고 땅이 돌고 방안이 빙빙 돌았다. 내 그때 나이 열일곱이었다. 그런 나로선 이해가 되지 않았고 내가 살아온 세월의 값으론 도저히 이해되지 않았다.

누가 이것을 해석해 주면 얼마나 좋을까. 길거리에 뛰쳐나가 아무라도 붙잡고 묻고 싶었다. 세상에 그런 게 있느냐고 묻고 싶었다. 세상에 박수무당의 말을 듣고 딸의 손을 잡아 요정에 끌고 가는 엄마가 있느냐고 소리쳐 묻고 싶었다. 언니의 삶을 두드리고 삶이 지나가는 소리를 나는 잘 알아듣지 못했다.

언니가 하는 말들은 내게 전부 미적분 같은 것이었다.

만 십팔 세 된 어린 딸의 손을 잡아끌어 요정으로 가는 엄마. 거기엔 이유가 필요했을 터였다. 그 이유는 박수무당의 말이었다. "화류계로 나가야 병도 안 들고 살 거니까 어서 요정으로 내보내라"는, 그 말 같지도 않은 말을 듣고 당장 실행에 옮기는 엄마. 보지 않았지만, 두 눈으로 본 듯 그 광경은 선명했다.

내 눈앞으로 그 광경이 무수히 지나가고 있었다. 그 광경은 내게, 내 가슴에 깊게 못질하고 있었다. 누군가 리플레이 버튼을 자꾸 눌러 내 눈앞에 보여주고 있었다. 그건 멈추지 않고 계속되었다. 나는 눈을 감았다 뜨고 또 감았다 떴다.

그렇게 언니는 땅속 깊숙이 가라앉아서 담배를 피우고 있었다. 그리고 나도 '아비 잡은 년'으로 몰아세웠고, 학교를 야간으로 옮겨 직장 생활을 하게 된 것이니.

날마다 박수 집에 드나들며 박수의 말이라면 신줏단지 위하듯 하는 엄마였다.

그렇게 언니의 화류계 생활은 시작되었다고 한다. 언니의 상처는 곧 내 상처가 되었다. 언니에게 일곱의 어둠이 내려앉았다면 내게는 곱으로 내려앉았다. 그것은 내 무의식 깊숙이 가라앉았다. 서서히 어둠에 잠식되어 간 그것들은 아무도 풀 수 없는 기호처럼 **빳빳**이 서서 내게 대답할 수 없는 질문을 끊임없이 던지고 있었다.

쉿, 기억은 여기 없어요

나는 언니로부터 발생한 그 상처가 왜 그렇게 오래도록 괴롭혔는지 잘 모른다. 왜일까. 어쩜 나는 그때부터 세상과 불화하고 있었는지 모른다. 가 보지 않은 세월은 이미 내 속에 들어와 보란 듯 있었다. 나는 그 세월 속에서 실종되고 싶었는지도 모른다.
　존재의 가없는 슬픔. 존재 자체가 슬픈 것인지 나의 충격이 슬픈 것인지 종잡을 수 없었다. 이것들은 서서히 나를 죽어가게 했다. 그 슬픔은 살아서 내게 말했다.
　"너는 반드시 죽어야 해. 그래야 세상을 안 볼 수 있잖아."
　그것들은 끊임없이 속삭였다. 그것은 잔인한 속임수처럼 달콤했다.
　나는 엄마한테 달려갔다.
　"엄마. 왜 그랬어? 직장 잘 다니던 언니를 왜 그런 곳에 팔았어?"
　나는 제정신이 아니었다.
　"아니 이 미친년이 …."
　엄마는 나를 쓰러뜨리고 내 위에 올라타 목을 졸랐다.
　"언제 팔았어? 제 년이 좋아서 나간 거지."
　나는 다 그만두고 싶었다. 차라리 엄마 손에 죽는 것이 나았다.
　왜 생이 이토록 시린 것인지 모른다. 너무도 시리고 시려 발을 동동 굴렀다. 아무도 누구에게도 말할 수 없는 것들. 이것들을 어찌해야 좋을지 몰라, 가슴 속에 억지로 집어넣고 또 집어넣는 수밖에 없었다. 막연히 다가오는 존재의 슬픔 같은 것이 나를 시리게 했고 나는 그 안으로 성큼성큼 걸어 들어갔다. 그리고 그곳에 숨어 밖을 빼꼼 내다보는 수밖에 없었다.

아무것도 할 수 없던 시절. 어느 것도 할 수 없던 시절. 그 시절들을 어떻게 견디며 살았는지 모른다. 무엇인가를 선택할 수 있다는 것, 자신의 의지대로 선택한다는 것, 이것이야말로 신의 축복을 받은 자였다.

언니는 요정에서 나와 룸살롱이란 데를 다니는 모양이었다. 언니는 "룸살롱에서 제법 돈을 잘 벌었다"고 했던가. 엄마는 살판이라도 난 듯 날마다 언니에게 찾아가 돈을 수금해 왔다. 아니 빼앗아 왔다.

우리 네 남매는 이렇듯 제각각 사는 수밖에 없었다. 가족? 우리는 그런 것은 모른다. 옆에 있는 타인이었고 너와 나였다. 누구한테도 관심을 줄 수 없었다. 관심을 둔다는 것은 적어도 그 사람의 삶에 개입하는 것이니 말이다. 우리는 개입할 수 없었고 개입하는 방법도 몰랐다. 우리는 말하는 것도 잊었다. 아니 잃어버렸다. 집안에는 온통 서리가 내려앉아 있는 듯했고 우리는 얼음장 밑에 갇힌 물고기처럼 입만 빼꼼대고 있었다.

누군가 밟으면 밟혀 배에서 창자가 터져 나오는 붕어 같은 존재들이었다. 차가운 얼음 위로 서걱서걱하는 소리만이 지나가고 있었다. 그 풍경이 눈앞에 선하다. 차마 아파서 눈을 뜰 수 없다.

언니는 룸살롱에, 나는 부두노동조합에. 남동생은 공장에. 막내 여동생은 갓 중학교에 입학했고 제각기 살았다. 살았다고 하지만 그건 사는 것이 아니었다. 다만 숨이 붙어있어 숨만 쉬고 있을 뿐이었다.

우리는 그저 사물이었다. 사물은 말이 없다. 사물은 엄마라는 독에 점점 전염되어 갔다. 그건 어떤 독약보다 강한 독이었다. 아니 페스트균보다, 더 지독한 병균은 우리의 영혼까지 갉아먹고 있었다. 우리는 엄마에게 사육되고 있었다.

아비 잡은 년들, 경을 칠 년들, 육시랄 년들, 식충이들, 이런 소리를 날마다 듣고 들으면 우리는 아비를 잡고 경을 치고 육시를 하고 식충이들이 되어 기어다니는 수밖에 없었다.

엄마는 여전히 혼자서 아름답고 고상했다. 자식에게서 수금한 돈으로 아니 빼앗은 돈으로 충무로에서 나팔바지를 맞춰 입고 선글라스를 끼고, 동창회를 다니며 카바레에 가서 춤을 췄으며 즐겁게 술 한 잔씩 하고 다녔다.

"내가 피난 내려오기 전, 그래도 개성에서 여고를 졸업했어. 그리고 배구선수였지. 나는 비싼 학용품을 좋아해. 내가 공부를 잘했거든."

엄마가 버릇처럼 하는 말이었다. 우리는 아무도 엄마의 말을 귀 기울여 듣지 않았다. 아니 들을 수 없었다. 우리는 생존해야 했으니까 말이다.

엄마는 내가 가진 예쁜 모양의 볼펜도 뺏어갔다, 어느 땐 말도 없이 가져갔다. 그것들을 침대 머리맡에 진열해 놓고 자랑스러워했다.

오키나와에서 돌아왔을 때쯤엔 어떤 기대와 소망도 없었다. 너무 삶이 지루했고 나는 페노바르비탈을 먹었고 인숙이네서 몸조리를 한 후, 간신히 집으로 돌아왔다.

언니는 먼저 살던 집에서 이사했다고 했다. 내가 일본으로 갔다 온 사이, 언니는 또 사라지고 없었다. 언니를 찾았지만, 행적이 묘연했다. 엄마에게 물어도 모른다고 했다.

어느 날, 엄마는 가방에 셀 수 없는 많은 돈을 담아서 왔다. 어디서 났는지 알 수 없었다.

엄마는 며칠씩 집에 들어오지 않았다. 그러다 집에 번개같이 들어오면 새로운 패션과 보석들로 치장하고 있었다. 또 어느 날엔 우리 집 앞에 자동차가 떡 버티고 서 있었다.

나는 어리둥절할 뿐이었다. 색색의 좋은 양모 코트들, 스웨터들, 밍크인가 여우인가 하는 목도리들, 토끼 눈알보다 더 큰 보석 반지들이 펼쳐져 있었다. 우리는 그 근처에도 가지 못했다. 나는 코트도 없었다. 구두도 없었다. 핸드백도 없었다. 입을 옷도 없었다.

직장 생활하는 데 필요한 최소한의 어떤 것도 없었다. 없는 것이 당연하다고 생각했다. 그것 때문에 슬퍼한다거나 엄마가 가지고 오는 모든 물건에 대해 어떤 욕심도 없었다. 다만 겨울에 입을 코트 하나 있었으면 했다. 한겨울, 나는 스웨터 바람에 회사를 다녔다. 너무 추웠다. 버스정류장에서 버스를 기다리다 보면 발이 시려서 운 적이 어디 한두 번이던가.

엄마는 양모 코트를 누군가에게 나눠주며 선심을 썼다.

"이거 일제야. 아주 비싼 거라고. 하나 갖다 입어."

선심을 쓰는 엄마를 볼 때 나는 무슨 생각을 하고 있었을까. 나는 그것들을 바라볼 때마다 허기진 이상한 분노 같은 것이 올라왔다. 그러다 잠깐, 내 눈에 들어온 누군가를 부러워했었다. 맞다. 그래도 그 누군가가 되어 엄마가 주는 코트를 받고 싶었다. "나도 하나 줘." 그렇게 말하고 싶은 것을 꾹 참고 참았다. 내가 참은 것은 거절당하기 싫어서였다. 거절만 당하고 산 사람은 '거절' 그 자체를 방어하기 위해 어떤 기재를 발휘해 자신을 보호하기 마련인 것이다.

이상하고도 이상한 슬픔 같은 것들이 하나씩 둘씩 떨어지고 있었다. 그것들은 땅에 절대 떨어질 수 없었다. 이상하고도 이상한 슬픔 같은 것은 가슴에 무덤 하나 파놓고 그곳에 천천히 떨어졌다. 그곳에 떨어진 이름 지을 수 없는 것들이 쌓이고 쌓여가고 있었다.

나는 그럴 때마다 책 속으로 걸어 들어갔다. 손에 잡히는 대로 이 책, 저 책을 펴 놓고 앉아 여기저기 문장들을 훑고 지나갔다. 책 한 권을 잡아 읽을 수 없었다. 나는 여러 권을 한꺼번에 펼쳐놓고 읽어 내려갔다. 그래야 마음이 조금이나마 진정이 되었고 조금씩 숨을 고를 수 있었다.

시인 김수영과 김춘수와 천상병을 노트에 베끼며 울고 있었다. 사르트르와 카뮈와 전혜린과 … 이상과 염상섭 ….

그들이 써 내려간 문장들 속에 온몸을 파묻었다. 내 존재를 말해 줄 문장을 찾고 또 찾았으나 그 문장들 속에는 나를 뚜렷하게 설명해 줄 어떤 단어도 없었다. 하지만 목숨 줄 붙들 듯 그것을 붙잡고 애원했다. "나를 도와다오. 나를 구원해 주렴." 하며 책을 껴안는 수밖에 없었다.

나는 세상을 정면으로 보려고 하지 않았다. 아니, 보는 것이 두려웠다. 너무 아파서 볼 수 없었다. 그렇게 세상도 흐르고 나의 삶도 흘러갔다.

어느 날 저녁, 전화가 왔다. 언니한테서 온 전화였다.

"언니 … 어디 있어? 왜 연락도 없이 또 사라진 거야? 내가 얼마나 찾았는지 알아?"

언니는 다 죽어가는 목소리로 말했다.

"나 좀 데리러 와줘. 여기 유성온천 근처야."

나는 정신을 가다듬고 숨을 크게 들이켰다. 그리고 언니가 얘기해 줬던 그 집을 찾아갔다.

정원이 있는 커다란 이 층 양옥집이었다. 집에는 어림짐작도 할 수 없는 고급 가구와 장식품이 즐비했다. 언니는 바짝 마른 채, 역시 손에는 담배를 들고 있었다.

"언니, 여긴 누구 집이야? 어떻게 왔어?"

언니는 픽 웃으며 말했다. 그 웃음기엔 포기와 회한과 눈물이 한데 엉거있었다.

"엄마가 소개했어. 처음에는 노인네 일어서고 앉는데 팔만 잡아주면 된다고 했어. 팔순 노인네 시중들면 월급 몇백씩 준다고 해서 … 나도 돈 모아야지 … 근데 나 무서워. 머리 허연 할아버지가 밤이면 이젠 내 방으로 들어오는데 …. 지금 아무도 없어. 비서가 할아버지 데리고 나갔어. 날 데리고 가줘. 이곳에 데리고 올 때 엄마가 나한테 뭐라고 한 줄 알아? 나더러 아비를 잡았다고 했어. 아비 잡은 년이 무슨 할 말이 있겠니. 그것도 무당이 그랬대. 딸년들 때문에 아비가 제명까지 못 살고 죽은 거래. 그러니 어떡하니. 미안해서 어떡하니 …."

눈앞이 아득해졌다. 하늘이 저만치 떨어지는 것도 같았다. 나는 소리쳤다.

"그 아비 잡은 년. 그 소리를 언니한테도 했다고?"

"악. 악."

나는 마구 소리를 질렀다. 나는 쓰러져 뒹굴며 소리를 질렀다. 그러다 벌떡 일어나 앉았다.

"언니, 처음에 요정으로 데리고 갈 때도 엄마가 그 소리 했어? 아비 잡았다고 했어?"

언니는 고개를 끄덕거렸다. 나는 기가 막혔다. 숨조차 쉴 수 없었다.

"왜 이제 그 얘기를 하는 거야? 진작 얘기를 했어야지. 나도 그것 때문에 얼마나 괴로웠는지 알아? 언니나 동생들이 그 말을 믿고 나를 미워할까 봐 얼마나 두려웠는지 아냐고? 내가 그 말에 갇혀 얼마나 죽고 싶어 했는데. 얼마나…."

"우리는 속은 거 같아. 아무래도 속은 느낌이야. 엄마 말에 또 무당말에 감쪽같이 속은 거야. 그런 건 없어. 아빠는 고혈압으로 쓰러져 돌아가신 거라고. 그런데 왜 우리에게 잘못을 떠넘기는 거냐고."

나는 가슴이 두근대고 두근대어 숨이 끊어져 버릴 것 같았다. 침을 삼켜도 삼켜지질 않았다. 나는 그대로 앉아 자꾸 침을 뱉어냈다. 나는 극도로 긴장하면 무엇이든 삼키지 못한다. 물 한 모금도, 침조차 삼키지 못한다. 이것도 병이라면 병일지 알 수 없었다.

"그래도 언니, 싫다고 했어야지. 언니 바보냐고. 엄마한테 죽어도 싫다고 했어야지. 그럼, 나한테라도 연락했어야지. 내가 싸워줄 텐데 ….”

나는 말끝을 흐리며 그만 입을 다물고 말았다. 사실 이건 허공에 대고 하는 내 하소연인지도 몰랐다.

"어떻게 네가 싸워? 네 엄마가 어떤 사람인지 몰라? 알잖아. 너도 알잖아.”

언니는 무릎에 얼굴을 박고 울고 있었다. 나의 소리는 아무런 도움도 되지 않는, 아무런 해결도 되지 않는 아주 공소한 소리에 지나지 않았다. 누가 엄마의 손아귀에서 벗어날 수 있을까. 아니 누가 엄마의 말에서 벗어날 수 있는가. 말, 말, 말들. 이 말에 갇혀버려 아무것도 어떤 것도 할 수 없는 우리. 엄마는 말이라는 채찍을 휘두르며 우리의 인생을 몰고 또 몰아갔다.

사람을 죽이기도 하고 살리기도 한다는 말. 나는 공포가 한없이 밀려와 온몸이 떨리고 떨렸다.

지금 엄마의 손아귀에서 벗어난들 어떻게 살 수 있는가. 몸뚱이 하나 달랑 가지고 살아야 하는 이 현실이 끔찍할 정도로 싫었다.

"언니, 언니 ….”

나는 언니를 붙들고 울었다.

순하고 고운 언니. 그저 착하기만 한 언니. 동생들을 업어주고 한 번도 큰 소리 없이 자라온 순진하기만 한 언니였다. 한마디 대꾸도 없이 순응하는 언니였다.

아름답고 빛나야 할 청춘이어야 하지 않는가. 빛을 잃고 또 빛의 그림자마저 잃어 이제는 쇠잔한 기운만 물씬 풍기는 언니. 그 모습을 보며 나는 더욱 크게 울었다.

그동안 엄마가 집으로 들여온 온갖 좋은 물건들은 여기서 가져온 것이었다. 언니가 받은 물건들을 엄마는 모조리 가방에 쓸어 담아 나르고 나르는 중이었다.

언니가 마지못해 말을 이었다.

"엄마가 그랬어, 할아버지가 집 사줄 때까지만 있으라고 했어. 할아버지도 집 사준다고 했고. 그러니 집만 받으면 된다고 했어. 그동안 받은 돈 엄마가 다 가져갔어."

아, 그거였구나. 어느 날 엄마가 여행 가방을 질질 끌며 가져와 다락에 올리는 걸 본 적 있었다. 그것이 다 돈이었구나. 돈.

비틀거리는 언니를 잡고 나는 고속버스를 타고 서울로 올라왔다. 언니는 친구네로 간다고 했다. 엄마가 아는 날엔 또 어떤 벼락이 떨어질는지 아무도 몰랐다. 나는 그냥 보내는 수밖에 없었다. 엄마와 부딪힐 생각을 하면, 그건 암벽에 머리를 박는 일이었다.

나는 집에 들어가 엄마와 마주하고 앉았다.

"대전에 내려가 언니 데려왔어."

그 소리에 엄마는 놀란 듯 나를 바라보았다.

"네가 뭔데 데려와? 약속은 약속인데 지켰어야지. 그럼 집은? 그 할아버지가 집 사줄 때까지만 있으라고 했더니 그 새 못 참고 나와? 왜 말들을 안 들어?"

"엄마, 꼭 그래야 했어? 그러면 언니 인생은 어떻게 되는 거야? 엄마 혼자 좋으면 되는 거냐고? 언니는 살날이 많은 사람이야. 그러니 살게 해 줘야지. 이제 그만하라고. 제발 그만해. 제발."

나는 언니와 나눈 그 얘기는 뺐다. 그 소리를 꺼냈다가는 내가 제풀에 넘어져 죽을 것 같았다. 나는 울지 않으려 악착같이 혀를 깨물며 말했다. 엄마의 번쩍이는 얼굴에서는 이상한 광채가 흐르고 있었다.

단 며칠이었다. 언니가 그곳에서 빠져나온 지 단 며칠이었다. 언니는 음독했다. 나는 내가 죽고 싶었다. 언니는 살아야 한다. 반드시 살아서 인생에다 대고 침을 뱉든 복수를 해야 했다. 복수! 그 처절한 패러다임. 그건 아무나 하는 게 아니었다. 모질고 단호하지 않으면 누구도 할 수 없는 일이었다.

우리는 그랬다. 단호하지도 모질지도 못하면서, 그저 발만 구르고 있었다. 우리 앞에 떨어진 현실을 보며 헛된 발만 구르고 있는 나를 보았으나, 나는 아무것도 어느 것도 할 수 없었다. 대신 싸워주겠다고 언니에게 큰소리를 치던 나는 자신이 싫어서 나를 꼬집고 머리를 벽에 박고 그러고 앉아 우는 것뿐이었다. 이건 뭘까. 이것은.

오, 신이여. 친족 성폭행을 당한 자들의 아픔을 적은 책을 본 적 있었다. 그들의 고통은 말로 다 할 수 없는 거였다. 왜 지금 그들의 아픔이 생각나는 것일까. 그들과 우리의 고통을 비교할 수는 없다. 그것은 겪어본 자만이 아는 뼈아픈 고통이다. 겪은 자만이 아는 슬픔을 타자가 감히 말할 수 없다. 결코 섣불리 위로한답시고 말해서도 안 된다. 손가락질해서도 안 된다. 그러나 왠지 그들의 아픔이, 그들의 고통이 우리들의 고통과 맞먹지 않을까 하는 생각을 했다.
　거대한 폭력들. 인생을 갉아먹고 인생을 팽개치게 만드는 폭력이었다. 남겨진 건 오직 피해자와 가해자뿐이었다.

　다행히도 일주일 만에 언니는 병원에서 퇴원했다. 멍하니 앉아있는 언니를 보며 말했다.
　언니 집에 가자. 집에 가서 엄마 앞에서 보란 듯이 살아. 내가 다 해 줄게. 언니 용돈도 주고 담배도 사줄게. 집에 가자.
　언니의 눈초리는 싸늘했다.
　"웃기고 있네. 웃기고 있네. 웃기고 있네."
　이 말은 언니 입에서 한없이 터져 나왔다. 한없이 터져 나온 웃기고 있네,라는 말이 온 방 안에 풍선처럼 떠 있었다.
　언니는 코웃음을 쳤다.
　김수영이 그랬던가. 시여 침을 뱉어라! 그 세계에 대한 저항을 한 마디로 '시여 침을 뱉어라!' 하는 그가 부럽고 부러웠다.

나도 인생에 대해 침을 뱉고 또 뱉고 싶었다.

그 예쁜 얼굴은 어디 가고 눈 밑 그늘만 가득한 언니를 보며 나는 할 말을 잊었다.

네 살인가 다섯 살에 프란체스카 여사에게 꽃다발을 안기던 언니였다. 신문에 대문짝만하게 실렸던 화동의 얼굴. 그 귀엽던 얼굴은 어디 가고 한순간에 늙어버린 낯선 여자가 앉아 있었다. 일찍 떠나 버린 아빠가 원망스럽기만 했다.

도대체 살아가며 경험하는 것들을 어디까지 받아들여야 할까. 경험으로 얻은 삶의 손상은 어디까지인가. 하지 않아도 좋을 경험. 해서는 안 되는 경험들이 몰려다니고 있었다. 끝도 없이 우리를 바닥에 패대기쳐 버리는 굴레는 우리의 앞을 가로막고 있었다. 무엇이 그렇게 했는가. 끊임없이 질문하는 물음표 위에 우리는 체중을 싣고 그 꼬리에 매달려 있었다.

무엇보다 우리에겐 엄마의 말을 거역할 힘이 없었다. 사방이 철로 뒤덮인 방안에서 아무리 소리를 질러도 아무도 듣지 않는 법이니까. 태어나서 처음 맞이하는 인생이었으니까 말이다.

우리는 다만 벽에 걸린 먼지를 뒤집어쓴 액자였다. 어느 날이면 누군가가 나의 왼쪽에 걸린 액자를 뜯어내어 먼지를 털고 걸레로 얼룩을 지운 다음, 시장으로 가지고 가는 것이다.

그때 신은 무엇을 하였는가. 그때 신은 모른 척하고 있었다.

아니 신은 없었다.

가족이라는 사건에 신은 전혀 개입하지 않았다.

나는 책으로 위안을 삼았다. 오직 그것이 나의 밥이었다. 먹어도 먹어도 허기진 밥. 그래도 거기서 구원을 바랐다.

'정확하면서도 꿈꾸는 듯 저 가벼운 언어는 빠르게 흐르지만, 그 메아리는 긴 여운을 남긴다.'

카뮈가 말했던가. 그 메아리, 메아리가 긴 여운을 남긴다고 했던 카뮈. 그래 그 메아리를 찾고자 나는 몸부림을 치고 있는 것은 아닐까. 나는 이 질문 속에 빠져 날마다 허우적대고 있었다.

책들이 대신 엄마의 폭력과 맞서 주길 얼마나 바랐던가. 책을 쓴 작가들은 나를 둘러싼 폭력 앞에서 아무런 힘도 발휘하지 못했다.

어떻게 살아야 한다고 지침을 내려주는 작가도 없었다. 책 속의 그들은 화석처럼 박혀 나를 비웃는 듯했다. 그들의 언어와 문장들. 다만 그들의 언어에 기대어 나 스스로 위안 삼았을 뿐이었다. 그들의 아름다운 낱말들은 내 삶에 잠깐 들어왔다 슬며시 사라지곤 했다. 나는 그 괴리감 속에서 정말 고독했다.

나의 정신세계는 한없이 책의 문장 행간에 매달려서 눈물을 흘렸고, 육체의 세계는 지리멸렬하고도 애타 하는 삶을 이어가고 있었다.

우물 안 개구리가 우물 안을 뱅뱅 돌며 헤엄을 치는 모습. 이것이 내 모습이었는지도 모른다.

사색과 어둠은 동의어였다. 사색한다는 건 무엇을 얻고자 정신을 쏟는 일이었다. 그러나 사색은 내 삶의 발꿈치를 물어뜯을 뿐이었다. 사색의 끝은 늘 어둠을 몰고 왔다. 내 앞에 펼쳐진 잔인한 폭력은 잔인한 손으로 우리를 비웃듯 다정하게 우리의 어깨를 감싸 안았다.

그러나 말할 수 있는 자와 말할 수 없는 자는 분명히 있는 것이다. 세상에는 이루 말할 수 없는 자들이 너무도 많다는 것을 나는 알았다.

스무 살 갓 넘은 처녀의 심정으로 그때의 일을 지금 적고 있다. 그때의 심정으로 돌아가 적는다. 나는 나의 필력을 한 할 뿐이다. 어떻게 알맞은 단어를 찾아야 좋을지, 어떻게 무너진 가슴의 눈물을 적어야 좋을지 모른다.

언니는 말할 수 없는 자였다. 나는 죽도록 다짐했다. 나는 언젠가는 말할 것이다, 반드시 해야만 한다고 다짐하고 다짐했다.

내가 통과한 시간이 보인다. 기억을 본다. 찬찬히 아프게 훑어본다. 나는 그것들을 낱말로 바꾸고 있다. 아직 낱말로 바뀌지 않는 것들이 많다.

엄마의 등쌀을 이길 사람은 아무도 없었다. 언니는 다시 룸살롱에 나가기 시작했다.

나는 여의도에 있는 무역회사로 자리를 옮겼다. 조금 더 월급이 많은 자리였다. 그곳은 에이전트 사무실이었다. 일본 마루베니 회사와 계약을 맺은, 작지만 단단한 회사였다. 원단을 납품하기 위해 제일모직의 어떤 부장은 내게 선물을 안기기도 했다. 명절이면 이러저러한 선물들이 책상 위에 잔뜩 쌓여갔다.

사장은 대대로 돈이 많아 어쩌지 못하는 집안의 막내아들이었다. 판교에 커다란 집을 짓고 사는, 돈을 어디에 써야 좋을지 모르는 사람이었다.

추석이었을 게다. 수제 햄 세트 선물과 그 외의 선물이 책상 위에 산처럼 쌓여 있었다. 거래처에서 들어온 것들이었다. 사장은 햄 선물 세트에서 햄 한 덩이를 내게 건네주며 말했다.

"김 양, 이거 반으로 잘라 경비 아저씨랑 나눠 가져. 추석 선물이야."

선물 박스엔 여러 개의 햄이 즐비했다. 나는 햄 한 덩이 들고 돌아섰지만, 속으로 씁쓸한 침을 삼키고 있었다. 햄을 자르다니. 비닐에 쌓인 둥그런 햄. 내 주먹보다 좀 큰 크기였다. 그것을 자를 칼도 없었거니와 그것을 잘라 반쪽의 햄을 추석 선물이라고 가지고 가는 그의 뒷모습이 보이는 것 같았다. 나는 어쩐지 그의 기분을 알 것 같았다. 나는 퇴근 시간에 그분께 통째로 햄을 가져다드렸다. 나는 그냥 피식 웃으며 정류장까지 걸었다. 계속되는 내 피식거림을 멈추지 못해 나는 정류장에 오랫동안 서 있었다.

그와 만난 건 일 년 전쯤이었을 게다. 이대 앞 이삭 다방에서 차를 마시며 생상스의 피아노 협주곡을 들을 때였다. 그가 나타났다. 그는 체크 남방에 면바지를 입고 있었다. 그의 눈빛은 깊고 온화했고 아주 눈이 커다랬다. 그리고 눈썹이 짙었다. 그는 말없이 내 앞에 앉아 나를 주시하고 있었다. 그가 테이블에 가만히 내려놓은 책은 무슨 원서 같았다. 얼핏 보아 불어로 보였다. 나는 무심히 책 한 권을 집어 들어 후루룩 넘겼다. 한글은 하나도 보이지 않았다. 나는 할 수 없다는 듯 책을 다시 제자리에 놓았다. 그때까지 아무 말이 없던 그가 말했다. 수염도 밀지 않았는지 윗입술 주변이 거뭇했다.

"혹시 불어 배우고 싶지 않아요? 내가 가르쳐 줄 수 있는데…"

그가 하는 말이 낯설게 들려왔다. 처음 말을 시키는 여자에게 하는 말치곤 좀 그랬다. 나는 그를 보며 어이없는 웃음을 지었다. 그가 정색하며 말했다.

"정말입니다. 내가 가르쳐 줄게요. 이곳에 몇 시면 도착합니까?"

우리는 그렇게 만났다. 다음 날, 그곳에 가니 그는 내게 책

한 권을 내밀었다.

'course de Langue et de Civilisation Francaise'. 이런 책이었다. 나는 홀린 듯 책을 집어 들었다. 펼치는 동안 약간 떨었던가. 한글은 하나도 안 보이고 전부 프랑스 글씨였다. 나는 말했다.

"됐어요. 전 한글도 아직 못 깨쳤어요."

나는 고개를 돌려버렸다.

"저 한글책 봐야 하니까 가 주실래요?"

그는 빙긋이 웃었다. 그리고 그는 커피 한 잔을 더 주문했고 내 옆자리로 다가와 앉았다. 내가 들고 있던 김수영의 시집을 가만히 뺏었다. 그는 김수영의 시를 펼쳐 읽기 시작했다. 거대한 뿌리. 그의 입에서 울려 나오는 김수영은 김수영이 아니었다. 곧 그의 말로 바뀌어 그의 시어가 되어갔다. 나는 좀 울었는지도 모른다.

공연히 눈물이 흐르고 흘러 눈물방울이 내 턱에 고였을 때, 그는 손가락으로 내 눈물을 훑었다.

그는 그전부터 나를 봐왔다고 했다. 언제인가부터 내가 몇 시에 버스에서 내리는지 시계를 또 보고 보았다고 했다. 연세대 대학원 불문과 학생이었고 S 교수의 조교를 하고 있다고 했다.

사람을 만난다는 것이 쉽기도 하고 어렵기도 한 것인데 나는 불편하기만 했다. 일단 불신부터 싹텄다. 이것은 내가 살아온 경험에서 나온 부산물이었는지 모른다.

 많은 사람, 그중에서도 엄마를 믿지 못했고, 고등학교에서 만난, 내 평생 동경하던 시인도 믿지 못했으며 부두노동조합 다닐 때 총무부장도 믿지 못했다. 부두노동조합이 뭐 하는 곳인지는 잘 모르겠으나 그 세계에 머무르는 사람들을 몽땅 믿지 못했다. 무역회사에서도 못 믿을 사장 때문에 나는 괴로워했다. 남자를 만난다는 생각은 전혀 할 수 없었다. 지금 당면한 문제만 해도 감당이 되질 않았다. 지금의 내 처지로선 아무도 만날 수 없었다.

 그는 대학 축제에 나를 초대했다. 나는 갈등하면서도 어쩐지 그를 따라가고 있었다. 그 봄날, 주변의 학생들은 그렇게 화사했다. 교정의 벚나무들 향연도 너무 화사해서 눈부셨다. 나는 그 화사함에 정신을 뺏겼는지 그만 넘어지고 말았다. 무릎이 까지고 피가 흘렀고 모처럼 신은 스타킹이 찢어졌다. 나는 주저앉은 채, 부끄러워 고개를 들 수 없었다. 나는 조금만 긴장해도 어리바리해지고 손을 어디에 둬야 할지 몰라 스커트 주머니에 손을 찔러 넣었다가 빼고는 내 손바닥을 들여다보니 진땀이 흘렀다. 또 시선을 어디에 둬야 편한지 몰라 두리번거렸다. 이게 내 모습이었다.

 그는 나를 일으켜 가까운 벤치에 끌어다 앉혔다. 그리고 나를 보며 웃었고 내 머리를 쓰다듬으며 말했다.

"잠시만 기다려."

그는 어디론가 막 뛰어갔다. 조금 후, 그는 밴드와 스타킹을 사 들고 와 무릎이 까진 곳에 밴드를 붙여주었고 나를 데리고 화장실로 안내했다.

나는 미안해서 어쩔 줄 몰라 고개만 자꾸 주억거리고 있었다. 이 봄날의 기억은 내 시선이 머무르는 곳이면 이 장면이 언제나 떠 있었다.

나는 방송통신대학 불어과에 입학했다.

그가 발음하는 불어의 달콤함에 빠진 건 사실이었다. 언어의 신비로움이었다. 그리고 어린 왕자도 그를 통해 배웠다. 'Le Petit Prince.' 그 책은 우리가 교감하며 대화하는 언어의 다리였다. 사람의 언어. 그것을 통해 그 사람을 알아가고 마침내 그 사람을 사랑하게 되는 것이다.

우리는 어린 왕자라는 책을 통하여 대신 말하고 있었는지 모른다. 생텍쥐페리가 말했듯 우리는 점점 같은 풍경을 바라보며 공감하고 때론 웃고 때론 침묵했다.

어느 일요일이었다. 언니는 예쁜 옷을 입고 높은 하이힐을 신고 눈에는 인조 눈썹을 붙이고 나타났다. 향수 냄새가 진동했다. 언니가 가끔 집에 올 때면 태극당 빵을 한 아름 사고 수박이나 참외, 고기도 사 들고 왔다. 엄마는 얼른 언니가 사 온 것들을 들고 들어갔고 우리는 다시 구경도 하지 못했다. 그림의 떡이었다.

언니는 백에서 보란 듯 담배를 꺼내 푸푸 거리며 피웠다. 언니가 항상 손에 들고 있는 담배는 더 이상 담배가 아니었다. 언니 몸의 일부가 된 것이다. 언니는 너무도 하고 싶은 말이 많으나 언니의 언어로는 맘속 깊은 표현을 하지 못하니 대신 담배를 들고 불을 붙이고 푸푸 거리며 연기를 내뿜는 것이었다. 그 연기 속에는 많은 말들이 숨겨져 있었다.

그 담배와 담배 연기는 언니의 말 할 수 없는 언어였고 또 다른 표현이었다. 외롭고 쓸쓸한 표현이었다. 푸푸 거리는 소리는 어떤 오기와 원망과 체념이 서려 있었다. 그것을 손가락 사이에 끼고 있던 언니의 손은 항상 파르르 떨리고 있었다. 나는 언니의 말들을 담배 연기가 피어오르는 것에서 보았다. 그리고 그것을 읽어 내려갔다. 말로는 차마 할 수 없는 탄식을 읽고 또 읽었다. 언니의 뻐끔담배 연기는 매웠다.

어느새 언니의 커다란 눈에서 검은 눈물이 흘렀다. 아이라인 칠한 것이 눈물로 녹아내렸다. 나는 그 눈물을 보면 항상 생각나는 것이 있었다. 오키나와에서 만난 사북 언니들이 말했었다. 그곳엔 검은 눈이 내린다고 했다. 나는 검은 눈이 내리는 풍경을 떠올렸다. 왜 그것이 생각난 것인지 모른다. 그러나 언니의 눈에서 떨어지는 검은 눈물은 그 사북의 검은 눈이 녹아내리는 것인지도 모른다고 생각했다. 겨우내 차갑게 얼어붙었던 검은 눈송이가 어떤 숨결로 인해 언니 속으로 날아와 녹아내렸다고 생각했다. 눈물은 그렇게 소리 없이 검은 눈이 되어 내리고 내렸다. 언니는 소리도 내지 않고 그렇게 울었다.

"언니 집에 들어와."

내가 말했다. 언니는 들은 체도 하지 않았고, 휴지로 코를 풀고 검은 눈물을 닦았다. 그러더니 다시 담배에 불을 붙여 이번에는 엄마를 향해 연기를 푸푸 내뱉었다. 엄마는 언니가 내놓는 돈이 적다고 투덜거리며 눈을 흘겼다. 옆에 있던 나는 덩달아 가슴이 두근거렸다,

"남편 복 없는 년, 자식 복도 없지. 남의 자식들은 뽀얗게 빼 입고 회사 다니며 보너스까지 내놓는다던데. 너희들은 대체 뭐 하는 거냐? 내가 죽든가 해야지."

엄마의 뱃속 깊은 곳엔, 녹음기가 숨어 있었나 보았다. 그 말들은 토씨 하나 틀리지 않고 오늘도 끝없이 반복 재생하고 있었다.

엄마는 거짓말하고 있었다. 무서운 거짓을 스스럼없이 하고 있었다. 그건 가증이었다. 가증의 극치였다. 엄마의 거짓 앞에서 우리는 할 말을 잊었다. 그런데도 그 소리는 공중에서 얼마간 떠돌다 우리의 머리 위에 내려앉았다. 아주 어둡고 매캐하고 앞이 보이지도 않는 먼지를 뒤집어쓴 기분이었다.

챙. 챙. 챙.

공중에서 칼부림하며 무당이 흔드는 방울 소리와 박수가 울려대는 징 소리가 끊임없이 울려대고 있었다. 무당은 한없이 이렇게 말했다. 엄마는 한없이 이렇게 말하고 있었다.

"이 아비 잡은 년들. 네 년들이 아비를 잡고 말았어. 넌 꼭 화류계로 나가야 네 목숨 건져."

언니의 높은 구두 굽 소리가 또각또각 들렸다. 언니의 다리는 새 다리처럼 가늘었고 곧 부러질 것처럼 보였다. 그 뒷모습에 대고 엄마는 소리를 질렀다.

"돈 좀 더 가져와. 돈, 돈, 돈."

또, 어느 날, 엄마가 내게 전화했다. 퇴근 후에 만나자고 했다. 약속 장소는 소공동 조선호텔 커피숍이었다. 낯선 남자와 마주 앉은 엄마는 나를 크게 불렀다. 나는 영문도 모른 채 자리에 앉아 커피를 주문했다. 가만히 얘기를 듣자니 분위기가 이상했다. 낯선 남자는 내게 이거저거 묻더니 대뜸 내 옆으로 와 앉으며 내 머리를 만졌다.

"긴 생머리, 아주 맘에 들어."

그러면서 엄마에게 이상한 눈짓을 했다.

아, 이건 또 뭐란 말인가. 이것을 어떻게 설명하면 좋을까.

그래도 말해야 한다. 엄마는 남자에게 돈을 받았을지도 모른다. 그리고 대신 나를 보여준 것이다. 그렇다면…. 나는 자리에서 벌떡 일어섰다. 그대로 뛰쳐나와 정신없이 뛰고 있었다. 울면서 뛰고 있었다. 얼마쯤 뛰었을까. 가로수를 짚고 나는 헉헉대었다.

삶은 끈질겨 목숨이 끊어지지 않는 것일까. 엄마는 무슨 일을 벌이고 있는 것일까. 세상엔 돈으로 바꿀 수 있는 것과 없는 것이 있다. 그러므로 세상은 굴러가는 것이다. 또한 돈을 위해 자식도 팔고 피도 팔고 장기도 파는 게 세상이었다.

삶이란, 인생 위에서 파렴치하고 졸렬하게 줄넘기를 넘는 것일지도 몰랐다. 뛰고 뛰어도 넘을 수 없는 단계. 그 어떤 것의 한계를 느꼈다. 막막했다. 너무도 막막해서 그만 숨이 멎을 것만 같았다. 사람의 속 깊은 심연에 무엇들이 숨겨져 있는 것인지 알 수 없었다.

수중엔 토큰 몇 개, 돈 몇천 원 정도였다. 무엇으로 이 삶을 벗어날 수 있을까. 가족은 농담처럼 내게 왔고, 농담으로 받아들이기엔 너무도 진부했고 너무도 거대했다.

솔직하게 말해보자. 돈이 있다면 내 몸 하나 가릴 월세방을 얻는 것이었다. 그리고 가족들과 연락을 끊는다. 하지만 월급을 타면 방통대 등록금을 조금씩 모아야 하고 차비와 잡비를 빼면 엄마에게 월세를 줘야 한다.

나는 갈 데가 없어 다시 집으로 돌아간다. 또 돌아간다. 나의 철저한 이중생활에도 어느덧 금이 가는 것이 보였다. 아니

나 다를까. 밤늦게 들어선 내게 엄마는 패악을 떨었다.

"글쎄, 좋은데, 돈 많이 버는데 취직시켜 주려고 나오라고 했더니 그걸 못 참고 도망을 가? 여긴 왜 들어온 거야?"

나는 들은 척도 하지 않았다. 내 방으로 들어선 나는 책상 위에 쌓인 책들을 마구 던지기 시작했다. 마치 책들이 책임이라도 있는 것처럼 나는 허공을 향해 던지고 또 던졌다. 나는 아무런 말이나 떠들어대기 시작했다. 이 세상을 향해 마구잡이로 떠들어대었다. 아니 솔직하게 말하면 나는 세상에 대고 욕하고 있었다.

무언지도 모를, 자신조차도 모를 욕을 마구 했었다.

아주 조금씩 내 영혼도 허물어지고 있는 것 같았다.

그를 만나는 것이 내게 큰 부담으로 느껴졌다. 그의 존재감은 내게 너무 컸다. 그는 나를 모른다. 나의 부모도 형제도 모른다. 그렇게 모르는 체하고 만난다는 것이 부담이었다. 만약 우리 집의 모든 사정을 그가 안다면, 만약 그의 부모라도 안다면, 그땐 뭐라 말할 것인가. 그때는 아무런 변명도 하지 못한다. 지금 끝내는 것이 옳다고 생각했다. 하지만 이상하게도 마음과는 달리 자꾸 그를 만나게 되었다. 때론 학교 연구실에 가서 그의 공부하는 모습을 가만히 지켜보기도 했다.

사실 나는 그에 대해 질투를 느꼈다. 그의 부모는 어떠하길래 그를 대학에 보내고 대학원까지 보낼 수 있을까. 나도 아빠가 살아있다면 지금쯤 대학에서 공부하고 있지 않을까. 나는 한없이 그가 부럽고 부러웠다. 아니 세상의 대학생들이 몽땅 부럽고 부러웠다. 나는 애써 그것을 감추려고 했다. 나는 그렇게 말한 적 있었다.

"대학이요? 그거야 공부 잘하는 애들이나 가는 곳이죠. 저는 아주 공부를 못해서 그래서 대학도 못 갔죠. 공부가 다는 아니니까요."

그렇게 앵돌아져 말하면 좀 나을 줄 알고 함부로 내뱉은 적이 있었다. 그리고 곧장 후회했다. 내 속마음을 들킨 기분이었다. 그러나 속으로는 울고 있었다.

그는 가끔 나를 바라보며 웃었다. 나는 그럼 얼른 불어 단어를 외었다. 그가 사서 건넨 불어사전은 항상 시집과 함께 나의 가방 속에 있었다.

어느 저녁, 엄마의 벼락 치는 소리가 들렸다.

"이건 뭐야?"

엄마는 방통대학 교재를 들고 흔들었다.

"어쩐지 … 이 쌍놈의 계집애, 돈이 모자란다는데 더 내놓을 생각 안 하고 이딴 데 돈을 써? 대학 좋아한다."

나는 시험 기간이라 교재를 가방에 넣어 왔던 것을 깜박 잊고 있었다. 엄마는 책을 박박 찢기 시작했다. 나의 살이 찢기는 거 같았다. 나는 엄마가 찢고 있는 교재를 뺏으려 안간힘을 썼다. 그럴수록 교재는 더 찢어지고 있었다. 나는 결국 다음 학기에 등록할 수 없었다. 그때 등록금은 팔만 원이었다.

엄마는 종잇조각으로 남은 것들을 내게 던지며 말했다.

"나가. 꼴도 보기 싫어."

나도 제발 나가고 싶었다. 그래도 그렇게 살아졌다. 어떻게든 살아졌다. 사는 게 아니라 살아지는 것이다. 나는 거절 당했을 때, 그 낭패감에 온몸이 조여 왔다.

누가 누구를 거절한다는 것은 그 존재를 없는 것처럼 여기는 말이었다. 누가 누구에게 낭패를 준다는 것은 그 존재를 발로 밟는 일이었다. 이것들은 고문에 가까웠다. 나는 그럴 때마다 죽음을 생각하고 또 생각했다. 죽음만이 나를 구원할 것처럼 그것을 생각했다. 목숨은 너무 질긴 나머지 나의 목을 매달아 아직도 그네질을 하는 중이었다.

나는 어떻게 살아야 할까. 그리고 언니는 어떻게 살아가야 할까. 우리에겐 우리를 인도해 주고 보듬어 줄 어른이 필요했다. 하지만 지금 우리 곁엔 아무도 없었다.

언젠가 어릴 적부터 친구인 충희 엄마가 나를 불렀다. 그때, 내 나이 스물한 살 때였다. 친구 엄마는 내 손을 잡고 간곡히 부탁했다.

그래도 네가 지켜야지. 동생들하고 살아야 하지 않겠니? 네 엄마는 그렇고, 네 언니도 그렇고, 그러니 어떡하든 동생들 붙들고 살아야 하지 않겠니?

그 엄마는 뭔가 아는 듯 내게 진심 어린 충고를 했다. 왜 하필 이때 그 엄마의 충고가 떠오르는지 모르겠다. 그 소리를 들을 때 동생들을 지켜야 한다는 다짐을 한 것일까. 어쩌면 그랬는지도 몰랐다. 동생들이라도 지키려면 내가 집에 있어야만 했다. 아니다. 나는 언니를 지켜야 하고 나도 지켜 내야 한다. 언제부턴가 나는 언니와 나를 동일시하고 동일시한 어떤 것들을 바라보는 중이었다.

어느 날, 그는 우리 집에 가자고 했다.
"네 부모님께 드릴 말씀이 있어."
나는 펄쩍 뛰었다. 나는 그럴 수 없다고 화까지 내며 돌아섰다. 그는 쫓아와 나를 잡았다.
"제발, 내 말 좀 들어봐. 나는 내년에 유학 가려고 해. 그래서 그래."
나는 그 자리에 주저앉고 말았다. 나는 속으로 소리쳤다.
'차라리 잘 된 거야. 유학 가라고요. 가세요. 겨우겨우 그에게 마음을 기대려 하는데 유학이라니. 프랑스로 유학이라니.'
나는 기어이 땅바닥에 주저앉아 울었다. 이럴 수도, 저럴 수도 없었다. 오직 한 가지 우는 일밖에 할 수 없었다. 그가 나를 일으켜 세우며 말했다.

"왜 무엇이 두려워? 왜?"

나는 도리질만 할 뿐이었다.

언젠가부터 집안은 이상한 기운이 감돌았다. 엄마는 부쩍 더 외출이 잦아졌고 부쩍 더 멋을 부렸으며 부쩍 더 화장이 짙어지고 있었다. 급기야 집에 어떤 남자가 드나들기 시작했다.

그 남자는 목이 짧고 키가 작고 앉은 자리에서 돼지고기 서너 근은 넉넉히 먹는 남자였다. 나는 퇴근한 후, 피곤했고 그냥 내 방으로 들어가면 기어이 엄마는 나는 불러냈다.

"인사해야지. 왜 교양이 없어? 내가 그렇게 가르치든?"

엄마가 달고 사는 문구였다. 나는 말없이 돌아서 나왔다. 뭔가 허탈함과 허전함이 나를 감쌌다.

그렇게 시작된 남자의 출현은 날이 갈수록 잦아졌고 어느 날은 그 남자의 부인까지 등장했다. 엄마는 그 여자에게 형님이라고 부르며 애교를 부렸다. 그러거나 말거나 나는 할 말도 없었고 이젠 아무 관심도 없었다. 안방의 풍경은 그저 마당의 나무 한 그루가 서 있는 풍경으로밖엔 안 보였다.

엄마는 그 남자의 옷을 빨아 다림질하고, 형님이라 불리는 그 여자는 한쪽에 누워 콧노래를 하던 풍경. 너무도 웃지 못할 풍경. 그 풍경은 이상하게도 내 마음에 각인이 되었다. 어떤 감정도 배제한 오로지 한 풍경으로서였다.

 어느 일요일이었다. 언니는 비틀거리며 대문을 밀며 들어왔다. 언니의 몰골은 말이 아니었다. 얼굴은 노랗고 검었으며 비쩍 마른 몸을 그대로 마루에 눕혔다.
 언니는 입원했다. 간 황달이었다. 의사는 술을 끊지 않으면 죽을 거라고 했다. 수액을 매달고 있는 언니 옆에 나는 가만히 앉아 있었다.
 언니는 생이 너무 서러워 술을 마셨을 것이다. 아니 생을 모욕주고 싶어 술을 택했을 것이다. 마셔도 마셔도 취하지도 않는 술을 목구멍으로 마구 들이부었을 것이다. 물처럼 들이부었을 것이다. 목이 마른 사슴처럼 갈증을 해소하기 위해 마시고 또 마셨을 것이다.
 나는 가만히 언니를 불러보았다. 언니, 하고 부르니 언니 속에 응축된 어떤 회오리바람 같은 것이 휙 불어왔다. 바람 속엔 오직 예감뿐이었다. 나도 토하고 싶었다. 진정 다 게워내고 싶었다. 인생을 구토하고 싶었다. 이십삼 년의 계절을 몽땅 토하고 싶었다.
 언니는 한 달여 만에 겨우 몸을 추슬러 퇴원했다. 엄마는 한 번도 병원에 와 보지도 않았고 묻지도 않았다.
 집안의 풍경은 그대로였다. 언니의 눈에는 아직 노란 기운이 남아있었으나, 또 다른 눈빛을 가지고 있었다. 집안에 들어선 언니는 휘청거리며 곧장 안방으로 들어갔다. 엄마와 그 남자는 밥을 먹고 있었다. 언니는 그대로 걸어가 밥상을 엎고 그 자리에 주저앉았다.

"다 내놔! 이제까지 내가 번 것들 다 내놓으라고!"

언니의 깊은 속에서 터져 나온 절규였다.

"엄마가 대전에 와서 가져간 것 다 내놔. 돈과 자동차, 보석들, 옷들 다 내놔!"

날카로운 목소리는 천장을 뚫고도 남았다. 독기 서린 목소리에 울음이 반이나 섞여 나왔다. 울면 안 돼. 울면 지는 거야. 언니. 나는 속으로 외치고 있었다. 언니가 한 번도 화를 낸 적은 없었다. 그러나 이번에는 달랐다.

언니는 백에서 담배를 꺼내 불을 붙였다. 그건 마치 다이너마이트 심지에 불을 붙이는 장면처럼 보였다. 언니의 손은 파르르 떨려 담배 끝에 불을 제대로 붙이지 못했다. 겨우겨우 불을 붙인 담배를 푸, 소리를 내며 빨아당겼다. 나도 덩달아 푸, 했다. 나는 그 장면을 보며 가슴이 오그라들었다. 차라리 내가 불을 붙여주고 싶은 심정이었다.

엄마는 당황한 듯 소리치기 시작했다.

"네년이 얼마나 벌어왔다고 그래? 그 돈으로 생활한 거 안 보여? 겟돈 메우기도 빠듯한 데, 이게 어디서 지랄이야?"

엄마는 더 큰 소리로 말했다.

"아저씬 뭐야? 왜 이 집에 있는 거냐고? 왜 여기서 밥을 먹어? 아저씨가 뭔데?"

밥상에서 떨어진 주발을 주워 언니는 아무 데나 허공을 향해 힘껏 내던졌다.

아저씨는 언니를 벌레 보듯 하더니 "아유, 재수 없어. 이거 원, 참." 하며 일어서 나갔다.

나는 언니를 끌고 나왔다. 가슴이 터질 것처럼 두근거려 그 자리에 있을 수 없었다. 언니는 울기 시작했다. 나도 울기 시작했다. 그 울음은 밤의 문턱을 넘어 멀리멀리 날아가고 있었다.

참, 이상도 하지. 이럴 땐 아무것도 어떤 것도 생각나지 않았다. 머릿속은 백색 물감을 들이부은 듯 하얗게 지워졌다. 모든 것이 정지 상태였다. 다만 분노할 뿐이었다. 언니의 분노는 곧장 내게 옮겨와 나는 배로 분노했다.

나는 그러다 곧 말할 수 없이 차분해졌다. 너무도 차분하게 마음은 수직으로 떨어지며 착 가라앉아 가슴 저 밑바닥에 딱 달라붙고 만다. 이건 뭘까. 나는 항상 이것이 궁금했다. 그렇게 화가 났다가도 어느 사이 그것은 모래시계의 모래처럼 천천히 떨어져 가라앉으며 종내 얼음처럼 차가워졌다.

나는 내가 너무 무서웠다. 어떤 심리가 작용해 나를 움직인 건 분명했다. 이런 심리가 오래 계속되다 보니 나는 우는 것을 아예 잊어버렸다. 나는 아주 오래오래 울지 못했다. 오랫동안 어떠한 슬픈 일이 닥쳐도 아무런 느낌이 없었다.

필경 부모와 자식의 풍경은 아닐 것이었다. 그저 삶에 허덕이는 길거리 술 취한 잡부들의 표정들이었다. 아니 그것도 표현이 틀렸다. 아무것도 아니었다. 사람의 표정이라기엔 너무도 고달프고 통속적이었다. 사람의 오고 가는 말이라고 하기엔, 아니 모녀가 주고받는 대화라고 하기엔 너무나 낯선 것이었다. 그것은 그저 물체와 물체가 부딪는 소리에 지나지 않았다.

한동안 그를 만날 수 없었다. 언니 병간호와 집안의 우스꽝스러운 사정으로 인해 그를 깜박 잊고 있었다. 나는 너무나 지쳐있었다. 몸도 지쳤고 마음도 지쳤고 모든 것이 귀찮아졌다. 길을 걷다가도, 버스에 앉아서도 그냥 눈물이 흘렀다. 바깥의 풍경은 전혀 눈에 들어오지 않았다. 누가 어떤 옷을 입었고 누가 어떤 말을 했으며 누가 무엇을 하든 상관이 없었다. 어떡하든 살아야 한다는 것밖에는 생각나는 것이 없었다. 몸은 습관대로 움직이는 법이었다. 아침 일찍, 회사에 가고 저녁 늦게 퇴근했다.

어느 날, 문득. 나는 아주 오랜만에 이삭 다방으로 가고 있었다. 차이코프스키의 비창이 흘러나왔던가. 문을 열고 들어서며 음악이 주는 평안에 마음이 한층 안정되고 있었다.

맞은편에 그가 굳은 표정으로 앉아 있었다. 그리고 빤히 나를 바라보았다. 나는 마치 처음 만나는 사람처럼 그의 앞으로 가서 인사를 했고 자리에 앉았다.

"오랜만입니다. 안녕하세요?"

그가 내 소리를 듣고 있었는지는 모른다. 그의 얼굴은 수척해져 있었다. 그는 말이 없었다. 서비스하는 아가씨가 내 앞에 물잔을 내려놓더니 반색했다.

"이분 날마다 오셔서 문 닫을 때까지 앉아계셨어요."

그 소리에 나는 당황했다. 그리고 고개를 숙였다. 그냥 서러움이 북받쳐 올라서 나는 그것을 감추느라 자꾸 고개를 푹 숙였다. '미안해요, 미안해요.' 나는 작게 말했다. 들릴 듯 말 듯 말했다. 그 소리는 그에게도 했지만, 세상에 대고도 하는 소리였다. 여태 내가 살아있다는 것에 관한 미안함이었다. 왜 그의 앞에서 서러웠는지 모른다. 그렇게 내가 우는 동안 그는 가만히 기다리고 있었다.

한동안 말이 없던 그는 커피를 내 앞으로 밀어주었다. 나는 잔을 들고 떨고 있었다. 그가 웃으며 조용히 말했다.

"숙제는 다 해 왔겠지? 내가 3과까지 외우라고 한 것 다 외었어?"

표정이 풀린 그는 다정하게 말을 건네었다.

그는 남을 배려할 줄 아는 사람이었다. 나는 이런 사람이 좋다. 어떤 경우에도 화내지 않고 남의 사정을 먼저 살펴주는 너그럽고 다정한 사람이 좋다. 왜 그동안 오지 않았느냐, 왜 연락도 하지 않았느냐, 등의 이유를 묻지 않고 상대방의 심정을 살펴 말을 골라서 하는 여유로운 그였다. 그는 그런 사람이었다.

나는 고개를 들어 그를 물끄러미 쳐다보았다. 한참이나 말없이 쳐다보았다. 그렇게 그는 어느 순간, 내 스페이스로 미끄러져 들어왔다.

어느 토요일이었다. 퇴근해 집에 가니 그가 있었다. 엄마와 얘기를 나누는 중이었다. 아, 거센 떨림이 몰려왔다. 엄마의 입에서 대체 무슨 말이 터질 것인가. 심장이 내려앉고 있었다.

그는 조용조용 말했다.

"이번에 석사 마치고 안나랑 프랑스 유학 가려고 해요. 어머니가 도와 주셔야…"

말이 끝나기도 전에 엄마가 말했다.

"유학? 안 되지. 쟤가 벌어야 먹고 사는 데 유학을 데리고 가?"

엄마는 단호했다. 그는 고개를 숙이고 한참 있더니 말을 이어갔다.

"아, 그러시구나. 제가 미처 생각을 못 했군요. 그럼 생각해 보고 다시 오겠습니다."

그가 집을 어떻게 찾았는지 나는 그것이 궁금했다. 그가 말했다.

"난 말이야. 네가 어디 있든 다 찾을 수 있어."

그는 돌아갔고 나는 엄마한테 많이 혼이 났다.

"네가 정신이 있어 없어? 지금 때가 어느 땐데 남자한테 정신을 팔고 다녀? 할 일이 태산인데. 아무튼 두고 보자."

당연한 결론이었다. 나는 토 달지 않았다. 어떤 결말에 이르든 그건 엄마의 뜻대로 되어 갈 테니까. 세상만사는 항상 엄마의 뜻대로 되어가니까.

집에는 한동안 뜸했던 아저씨와 아주머니가 다시 드나들기 시작했다. 엄마는 불고기를 구워 정성껏 밥상을 차렸다. 그러면 그들은 당연하다는 듯 싹싹 그릇을 비웠다. 그리고 충무로의 어느 살롱에서 재단사가 옷 치수를 재러 오기도 했다. 엄마와 아저씨의 몸 치수를 재는 동안, 나는 물끄러미 그들을 바라보고 있었다. 그리고 밤이면 엄마와 아저씨는 자동차를 타고 놀러 나갔다.

엄마는 동네 계주하느라 늘 바빴다. 신용을 쌓아 제법 동네에서는 큰 손이 되어 있었다. 돈을 빌리러 오는 동네 아주머니들도 많았다. 엄마는 6푼 이자를 받아냈다.

엄마의 끝없는 횡포 속에서 우린 빈대처럼 엎드려 있을 뿐이었다. 빈대처럼 기어서 밥상에서 김치를 빨았고, 빈대처럼 자빠져 잠을 잘 뿐이었다. 여름철, 그 흔한 수박 한쪽 먹어 본 일이 없었다. 우리의 밥상엔 언제나 한결같은 김치뿐이었다.

언젠가, 화장대를 열었다. 무엇을 찾았는지는 기억에 없다. 그곳엔 깡통에 담긴 연유가 있었다. 나는 무심히 꺼내어 냄새를 맡았고 한 모금 마셔보았다. 아, 그 달달함. 신선한 우유 맛. 처음 먹어보는 맛이었다. 나는 늘 허기가 져 있었다. 허기진 뱃속에 들어간 연유의 맛. 그건 천상의 맛이었다. 두 모금째 들이키려는데 그때 마침 엄마가 들어와 내 뒤통수를 쳤다. 나는 깡통에 머리를 박고 말았다. 그건 치욕이었다. 깡통에 찍힌 아픔보다 치욕스러움에 몸을 떨었다. 나는 허기짐과 허탈함과 지루함에 몸은 몸대로 정신은 정신대로 허물어져 가고 있었다.

그렇게 돌아갔던 그가 거의 한 달이 지나 다시 우리 집에 왔다. 그는 과일과 고기를 사 들고 미소를 지으며 집으로 들어섰다. 나는 그가 내미는 선물을 선뜻 받지 못하고 있었다. 그는 마루에 선물을 내려놓고 엄마를 찾았다. 엄마는 마루에 앉았고 그는 큰절했다.

"저, 어머니 안나랑 약혼하고 유학 가게 허락해 주십시오."
"그때도 말했지? 나이가 몇인데 결혼하겠다는 거야?"
엄마는 나를 힐끗 건너다보며 말했다.

"네가 그랬니? 결혼하자고?"

엄마는 내게 눈을 흘겼다.

나는 가만히 있었다. 그가 원망스러울 뿐이었다. 그가 어머니, 하며 가방에서 봉투를 꺼냈다.

그가 봉투를 엄마에게 건네며 말했다.

"제가 책임지겠습니다. 그러니 뭐라 하지 마시고요. 이거 받으세요. 얼마 되지 않지만, 최선을 다한 겁니다."

엄마는 재빠르게 봉투를 열어보았다. 수표 다발이 나왔다. 그가 말했다.

"제가 다음에 더 구해보겠습니다."

그가 내민 수표 다발은 일천만 원이었다. 엄마는 성에 차지 않은 듯 봉투를 접어 방석 밑에 넣어놓았다. 그리고 끝이었다. 나는 알고 있었다. 엄마의 터무니없는 욕심을 알고 있었다. 세상의 황금을 다 갖다 바쳐도 그 탐욕의 구렁텅이를 채울 수 없다는 걸 알고 있었다.

나는 그에게 화를 내었다. 말도 없이 그렇게 한 일에 대해 몹시 화를 내었다. 그건 분명 화근이 될 그 무엇이 있었기 때문이었다. 왜 이리 불안한 걸까. 나는 가시방석에 앉아 있는 것 같았다.

"그렇게 돈이 많습니까? 차라리 보육원에 기부하지, 그랬어요? 왜 멋대로 그러세요? 왜요? 돌아올 화를 생각하면 숨이 막힌다고요. 저 그 돈 갚지 못해요. 평생을 벌어도 그 돈 갚을 능력이 되지 않아요."

나는 그에게 공연한 화풀이를 하고 있었다.

"안나야, 넌 가만히 있어. 어머니 혼자 살림 사시는 거 안타까웠을 뿐이야. 그리고 너 유학 가면 누가 돈을 벌 거야. 그래서 생활비 드린 거야."

나는 돌아서서 뛰었다. 저 사람은, 저 사람은…. 왜 언니 얼굴이 지나가는 것일까. 동생들의 얼굴들도 지나갔다. 저 사람은 아무것도 모른다. 내가 어떤 처지에 놓여있다는 것을 모른다.

나는 늘 몸이 기우뚱 한쪽으로 치우쳐 있었다. 가슴에 담은 것들이 너무 무거워 늘 이쪽으로 치우쳤다, 저쪽으로 치우쳤다 했다. 이 무거운 가슴을 어떻게 열어 보이느냐 말이다. 무거운 낱말들을 생에 가득 채워 넣은 사람은 그것을 감당할 수가 없었다. 영혼에까지 매달린 무거운 낱말들. 무겁고 무거운 납덩이 같은 낱말들을 가슴에 안고 형벌을 받는 듯했다.

나중에 들은 얘기로는 그는 유학자금을 당겨썼다고 했다. 또 학교에서 장학금을 받고 집에서는 등록금을 타고 거기다 학자금 융자까지 받아 엄마에게 가져다준 것이다. 나중에 그는 또 일천만 원을 또 들고 와 엄마에게 주고 갔다고 했다.

나는 그에게 가고 싶었다. 아무것도 생각하지 않고 가고 싶었다. 이 나라를 벗어나고 싶었다. 또 엄마의 세계에서 벗어나고 싶었다. 그러나 만약 가야 한다면, 언니와 동생들을 품고 그에게 가야 했다.

나는 고개를 저었다. 벌써 상실감에 몸을 떨었다. 나는 어떡하면 좋은가. 어떡하면 그에게 잘 갈 수 있는가. 누구도 다치지 않고 웃으며 잘 갈 수 있는가. 나는 발작에 이를 지경이었다.

나는 언니를 찾아갔다. 언니는 세상 다 산 노인처럼 앉아 담배만 피우고 있었다. 냉장고 안은 텅 비어 있었고, 항상 빨래 무더기는 방구석에 쌓여 있었다. 나는 말없이 빨래를 가져다 대야에 담고 빨기 시작했다. 더 박박 힘주어 비볐다. 이 모든 것을 빨아서 없애기라도 할 것처럼 박박 빨래판에 문질러 빨았다.

언니가 말했다.

"무슨 일 있니?"

나는 그 말에 눈물이 턱까지 차오르고 있었다. 그간의 일을 천천히 말해 주었다. 언니는 마구 웃어 재꼈다.

"참, 그 남자도 순진도 하지. 그 아가리에 처넣었으니, 유학은커녕 …."

"언니 무슨 방법이 없을까. 어떻게 이 담을 뛰어넘을 수 있을까. 차라리 그를 끊어내야 하지 않을까?"

언니는 창밖만 바라보고 있었다. 언니의 얼굴엔 어느덧 어두운 그림자가 덮치고 있었다. 언니의 옆얼굴을 보니 기미가 끼었다. 건강이 안 좋아 보였다.

'모든 것을 공유하지 못하는 고뇌와 모든 것을 공유하고 있는 불행'

카뮈가 한 말이던가.

나는 지금 기로에 서 있는지도 모른다. '모든 것을 공유하지 못하는 고뇌'는 내가 자지러지기에 충분했다. 되돌아갈 수 없는 길을 찾기 위해 나는 소경의 지팡이처럼 날카로워져 있었다. 그리고 너무 배가 불렀다. 눈물이 빠져나간 자리마다 부조리가 가득 들어차서 배가 불렀다.

에이전트 사무실은 바빴다. 은행 일을 보고 사무실에 들어가니 사장이 나를 부른다.

"어떻게 된 거야? 왜 어머니까지 사무실 드나들게 해?"

"저희, 엄마 다녀가셨어요?"

사장은 나를 아래위로 훑었다.

"김 양 월급 가지고 가셨어. 다음부턴 이런 일 없도록 하라고."

사장은 기분이 나쁜 듯 자리에서 벌떡 일어나 나가 버렸다.

뭐라 설명할 수 없는 것이 휙휙 지나갔다. 인생은 설명되지 않는 것들로 즐비하다. 그 설명되지 않는 것들로 인하여 한없이 허물어지고 한없이 틀어지는 것이, 이것이 생이던가.

아니다, 내 생만큼은 설명할 수 있어야 한다. 누구 앞에서라도 떳떳하게 하나하나 뚜렷하게 낱낱이 설명할 수 있어야 한다. 책을 읽듯이 말이다. 책을 읽듯이.

나는 시계를 보며 그에게 전화를 걸었다. 아직 학교에 있을 시간이었다. 그는 전화를 받았다.

"전데요. 만나고 싶어요."

"전화를 다 해주고. 어서 와 그리로 갈게."

그의 말이 송수화기 끝에 매달려 있었다.

이삭 다방에 도착하니 그가 반갑게 맞아주었다. 커피잔이 앞에 놓인 순간, 나는 재빠르게 말했다.

"저, 이제, 그만할래요. 엄마에게 줬던 돈은 제가 평생이 걸리더라도 갚을 거예요. 너무 힘들어서 … 이제, 그만 해요."

그는 처음으로 내 어깨를 보듬어 안았다.

"제발 그런 약한 소리 하지 마. 넌 강한 아이야. 그리고 삶을 살 줄 아는 아이야. 내가 보는 눈이 있지. 다 알아. 다 알아. 괜찮아. 괜찮아."

정말 그는 다 알고 있는 걸까. 나는 놀라 그를 쳐다보았다.

"사막이 아름다운 이유는 어딘가에 우물을 숨기고 있기 때문이지."

그는 어린 왕자의 한 구절을 말했다. 그건 그저 문학작품의 아름다운 구절이었다.

"나는 너의 우물을 봤어. 작은 우물이지만 맑은 물이 늘 샘솟는 우물. 너는 그렇게 태어난 거야. 부조리와 모순 속에서 너의 아름다운 영혼을 지키며 말이지. 너무 힘든 거 알아. 말 안 해도 다 알아. 내 곁에 그냥 있어 줄래?"

그의 목소리는 정중하면서도 반듯하게 흘러나왔다. 생전 처음 들어보는 단어들을 그는 발음하고 있었다.

Je T'aime. 그의 입에서 흘러나오는 "쥬뗌므. 쥬뗌므 …."

그의 소리는 안개가 되고 곧 비가 되어 내렸다.

나는 속절없이 그 앞에 무너지고 있었다. 나는 그의 다정한 눈빛을 만지고 싶었다. 그의 숨결을 만지고 싶었다. 그의 짙은 눈썹을 만지고 싶었다. 그의 코끝과 그의 단정한 입술 선과 푸르게 면도한 턱선까지 만지고 또 만지고 싶었다. 그의 뜨겁던 손을 잡은 적은 있지만 이제 그를 다 만지고 싶었다. 그래서 낱낱이 기억하려고 만지고 싶었다.

그러나 자신이 없었다. 억눌리고 억눌려서 살았던 시간이 필름처럼 지나갔다. 한 백 년을 산 것도 같았다. 그러나 그 시간은 절대 줄여지지 않았다. 그 시간을 지나온 나는 아주 늙은 채로 기우뚱거리고 있었다. 어찌해야 할지 몰랐다. 무엇을 버리고 무엇을 선택할 수 있는가를 몰랐다.

미지의 바탕 위에 그려지는 사랑이라는 이름. 이 어마어마한 이름을 어떻게 해석해야 하는지 나는 몰랐다.

인생은 내게 사랑할 수 있는 권리조차 빼앗아 갔다. 인생. 너는 내게 잔혹한 판타지였는지도 모른다.

 수상한 기운이 돌고 있었다. 한밤중까지 집안에는 여자들이 들끓었고 소란스러웠다. 어느 여자는 마루에 누워 자고 있었다. 무슨 일인가 벌어지고 있는 것이 틀림없었다. 그리고 드나들던 아저씨와 그의 부인은 발길을 뚝 끊었다.

 미루어 짐작건대, 급기야 계가 깨진 것이다. 어마어마한 숫자의 돈이 부도가 난 것이다.

 그렇게 악착같이 돈의 노예처럼 살던 엄마는 초주검이 되어 누워있었다. 엄마는 말했다.

 "죽을 끓여라, 약방에 가서 약 좀 사 와라."

 어느 날은 집안의 물건이 몽땅 사라졌다. 흑백 텔레비전을 비롯해 온갖 살림살이와 옷가지까지, 스테인리스 대야까지 몽땅 누군가 가져가 버렸다.

 집안은 텅 비어버렸다.

 "그럼, 그 돈. 그가 준 돈은?"

 나는 가슴이 철렁 내려앉았다. 엄마에게 물었다.

 "엄마 그가 준 돈은 어떻게 했어?"

 엄마는 자리에서 벌떡 일어나 앉더니 내게 말했다.

 "야, 걔한테 돈 좀 구해보라고 해."

 엄마는 그러며 눈을 반짝였다.

쉿, 기억은 여기 없어요

나는 그 자리에 주저앉았다. 너무 놀라서 그대로 앉아 있었다. 그가 엄마에게 준 돈을 어찌 갚아야 한단 말인가.

아주머니들이 드나들며 하는 소리를 들었다.

"사기당했다며? 내 그럴 줄 알았어. 과부 편에 남자가 끼면 다 된 거야. 그놈이 다 해 먹고 튀어버린 거라고."

여자들은 여기저기 돌아가며 재미나게 입방아를 찧고 또 찧고 있었다.

이 불안감. 상실감. 오예감. 세상은 이렇게 발작적으로 뒤집혀 버렸다. 아직 내 가슴에서 잉크도 마르지 않은 어린 왕자가 저 멀리 떠나고 있었다. 장미를 남겨두고 떠나온 어린 왕자. 바오바브나무와 별과…. 어쩌면 그와 나의 사랑은 하나의 환상이었는지도 모른다. 어쩌면 농담처럼 내게 온 이 처절함이 내 사랑이었는지 모른다.

나는 현실의 냉혹함에 몸을 떨고 있었다. 가증하고도 치명적인 것들이 내 목까지 차오르는 것을 느꼈다. 대낮보다도 더 환하게 노출된 실의가 익사하고 있었다.

나는 언니에게 전화를 걸었다. 언니는 가만히 얘기를 듣더니 갑자기 웃어 젖히기 시작했다.

깔깔깔 … 깔깔깔 …

언니 … 언니의 삶이 조금씩 무너져 가는 동안, 그들은 화투를 쳤고 그들은 불고기를 먹었으며 그들은 지르박을 추었다. 이 망측한 대비. 뚜렷한 대비. 그 속에서 언니는 깔깔 웃고 있었다.

그러나 이 거대한 썰물을 아무도 막을 수 없었다.

집은 그대로 남겨져 있는 줄 알았다. 집도 이제 우리 집이 아니었다. 아빠가 물려준 집이었다. 화단과 나무와 작은 연못이 있는 아담한 한옥이었다. 내 청춘을 묻은 집이었다. 추억이 이곳저곳에 서리서리 박혀있는 집이었다. 엄마는 날마다 회사로 전화를 걸어왔다.

"네가 와서 인감증명 떼야 해."

나는 전화를 말없이 끊어버렸다.

스무 살이 넘었으니, 아빠의 유산을 받을 권리가 있었다. 언니와 나의 동의가 필요했다. 언니는 일찍 포기해 버렸고, 뒤도 돌아보지 않았다.

엄마는 출근하는 나를 쫓아 왔다. 집에서 버스정류장까지 내 치마를 잡고 쫓아왔다. 나는 아무 말도 하지 않았다. 엄마도 말없이 내 치마를 번쩍 들어 올려 잡고는 쫓아왔다. 속옷이 보일 정도로 치마를 치켜 잡은 엄마의 손길을 나는 그냥 내버려두었다. 결국 회사에 갈 수 없었다. 정말이지 지겹다는 생각이 들었다. 나는 뒤돌아서서 말했다.

"엄마. 우리 살 집은 어떡할 건데? 우리 살 집 얻을 돈 있냐고? 내 몫이라도 받아 셋방이라도 얻어야 하지 않아?"

엄마는 끝까지 안 된다고만 했다.

"왜? 왜? 이건 내 몫이야."

엄마는 대놓고 찰지게 욕하기 시작했다. 아침 거리의 사람들이 다 쳐다보고 있었다.

나는 욕을 들으며, 치맛자락을 움켜쥐고 있는 엄마의 얼굴을 보았다. 다시 보고 싶지 않았다. 정말 다시 보고 싶지 않았다.

"엄마, 그럼 그걸로 내 방 얻어서 나가면 되겠네."

나는 고개를 돌렸다. 일부러 어깃장이라도 놓고 싶었다.

엄마는 따귀를 세게 때렸다.

"이 년아, 너 혼자 살면 다 되는 거야? 왜 말이 많아. 얼른 동사무소 가서 인감증명 떼야 하니까 가자고!"

엄마는 내 치마를 더 당기며 뒤돌아서고 있었다. 나는 질질 끌려가고 있었다.

동사무소 직원이 나를 보더니 말했다.

"실종신고 한 딸이 빨리도 왔네."

나는 엄마를 힐끗 보았다. 무엇이 급하다고 내 실종신고까지 했단 말인가. 나는 직원에게 도장과 주민등록증을 내밀었다.

모든 것이 무너져 내렸다. 사실 무너져 내린 지는 한참 되었다. 사람과 사람 사이의 신뢰도 산산조각이 나 버렸다. 나는 생각했다.

"신은 없어. 신은 없는 거야."

신이 있다고 믿었지만, 이제부턴 신은 없다고 믿었다. 어느 곳에도 신은 없었다. 우리의 청춘에도 신은 없었다. 감히 저항할 수 없는 갇힌 시간. 고작 할 수 있는 일은 스스로 잡고 우는 것이었다. 신도 내 눈물만은 금지할 수 없었다.

그렇게 가을이 오고 있었다. 서울 변두리에 어찌어찌해 방 한 칸 얻어 이사했다. 가져갈 건 아무것도 없었다. 여동생 교복과 책가방과 다행히도 남겨진 내 책들과 옷가지뿐이었다.

그리고 엄마는 간통죄로 고소를 당해 감방에 들어갔다. 아저씨의 부인이 고소한 것이다. 그들은 철저히 계획을 짰고, 계획대로 실행했고 우리 집을 거덜 내고야 말았다. 나중에 집과 자동차는 아저씨의 부인이 간통죄 위자료로 가져가 버렸다.

감방에 들어간 엄마는 면회 간 외숙모에게 그렇게 말했다지.

"왜 애들은 면회도 안 오는 거야? 엄마가 이 고생을 하는데 면회도 안 오는 거야?"

간통죄로 감옥에 들어간 엄마를 면회하러 가서 어떤 말을 해야 좋을까.

이렇게 말하면 좋을까?

"엄마, 춥지? 고생이 많아. 뭐 필요한 것 없어? 영치금 넣어줄게."

나는 그 소리를 들으며 엄마를 경멸했다.

그렇게 겨울이 왔다. 온 것은 계절이 아니었다. 우리를 다른 데로 몰고 갈 어떤 지시였다. 그 지시는 남루했고 초라했고 헐벗어 너무 추웠다. 우리는 수행자, 어떤 수도자들처럼 지시를 따를 뿐이었다. 삶은 납덩이처럼 더 무거움을 과시했다. 가뜩이나 기우뚱했던 몸은 걸을 힘조차 없었다. 중압감을 이기지 못해 주저앉을 지경이 되었다.

그는 혼자 유학길에 올랐던가. 모른다. 정말 모른다. 그런 것을 아는 것은 다시 또 그를 만나고 싶어 한다는 것을 암시하는 것이므로. 철저히 귀를 막고 단속했다. 나를 위해서, 그를 위해서 그렇게 했다.

나는 다시는 이삭 다방에 가지 않았다. 갈 수 없었다. 그를 만날 자신이 없었다. 아니 만나도 할 말이 없었다. 그를 보내야 했으므로 가지 않았다. 그러나 얼마나 보고 싶던가. 얼마나 그립던가. 얼마나 애태우며 울었던가.

나는 잠을 잘 수 없었고 먹을 수도 없었다. 내 생활의 모든 것이 정지되었다. 내 존재의 기반이 흔들리고 흔들렸다. 생이 정지된 것 같았다. 회사에서도 실수를 연발했다. 발주 오더의 숫자를 잘못 쳐넣는다든가, 견적 날짜를 잘못 찍었다. 팩스를 보내면서도 그를 생각했다. 팩스로 그에게 나의 마음을 보낼 수 있다면, 보낼 수만 있다면. 나는 팩스 앞에 서서 얼마나 울었던가. 부장의 노발대발하는 소리에 잠깐 정신이 들었다가 다시 혼미해졌다.

어느 날은 그 근처 가로수 밑에 가서 앉아 있기도 했다. 고개를 숙이고 앉아, 어쩜 그가 나를 찾아내 주길 바랐는지도 몰랐다. 어느 땐, 실성한 여자처럼 밤거리를 쏘다니며 그가 지나가지 않을까 두리번거렸다. 당장 뛰어가 그를 붙잡고 싶은 것을, 혀를 깨물며 참고 참았다. 그렇게 그가 보고 싶어 나는 죽을 것 같았다.

그에게 진 빚은 아직도 남아있다. 이제 다시는 누구도 만나지 못할 것처럼 그를 보냈다. 나는 스물네 살이 되었다. 짧은 추억이 이렇게 오래갈 줄은 몰랐다. 이제, 다 끝난 듯이 살면 어떠하리. 어떤 힘이 휘몰아간 격렬함 속에서 사시나무 떨듯 떨던 청춘들은 이제 일어설 힘조차 없었다.

언니가 집으로 돌아왔다. 초췌한 몰골을 하고 어딘가 떠나는 사람처럼 돌고 돌아서 돌아왔다. 언니의 삶도, 나의 삶도 끝난 듯이 살면 되겠다고 생각했다. 기억은 또 자랄 것이다. 또 눈물도 자라날 것이다. 하늘과 바람 속에서 무럭무럭 자라날 것이다. 볼 수도 만질 수도 없는 기억들은 눈물을 담보하고 오늘도 커다랗게 자라난 눈물은 거짓의 세상에서 익사할 것이었다.

사람이 더러워지면 땅이 더러워진다고 누가 말했던가. 땅은 사람의 거울이라고 했던가. 그 사람의 인생을 비추는 거울이라고. 그 사람이 딛고 선 땅. 땅의 거울에 비친 모습을 아주 뚜렷이 본다. 보고 있다.

나는 이 끔찍하고도 발작할 만한 실존의 최후 진술을 아프게 했다. 너무 아픈 기억은 슬쩍 넘어 지나쳐갔다. 그런 기억을 꺼내 든다는 것이 너무 끔찍해서, 너무나 아파서 그대로 묻어두었다.

너무 많이 울었고 많이 초라했던 내 생의 센텐스들이었다. 수많은 에피소드. 우리는 그 에피소드 속에 있었다. 어느 에피소드 속에서는 죽고 싶었고 또 어느 에피소드 속에서는 살고 싶었다. 그러나 결락된 인생들이었다.

인생. 그 쓸쓸한 메타포여. 안녕.

이것은 내 젊은 날의 노트이자 기록이다. 이 노트는 잊어서는 안 되고 버려서도 안 되는 노트이다. 꼭 기억하고 싶어서 몇 날 며칠을 컴퓨터 앞에 앉아 울면서 써 내려간 노트이다. 또박또박, 내게 온 생의 격랑들을 또박또박 써 내려가는 동안 많은 것들이 떠올랐다가 가라앉았다. 나는 떠오를 때면 멈추었고 가라앉을 때, 차분히 가라앉을 때 이것을 썼다.

누군가 옆에서 들리지 않는 소리로 응원하고 있었다. 써야 한다고. 진실하게 다정하게 써야 한다고 했다. 그래서 나는 마지막까지 힘을 낼 수 있었다.

그는 내 안에서 나온 또 다른 나였다. 어쩌면 또 다른 나에게 얘기하고 싶어 열심히 썼는지 모른다. 왜 그러는지는 모르지만, 오직 한 사람, 또 다른 나에게 고백하고 있었다.

그리고 나는 또 다른 나에게 화해의 손길을 뻗었다. 그리고 악수를 했다. 나를 둥그렇게 둘러싼 세계와도 악수했다. 드디어 이 부끄럽지 않은 고백과도 악수했다.

전에는 글을 쓰면 자꾸만 메말라가고 핍절해졌다. 그러나 이번에는 달랐다. 나를 채워주고 있었다. 충실하게 채워주고 있었다.

그리고 나는 이 노트가 하는 소리를 조용히 경청했다.

가엾은 동생들, 미안하다는 말만 수없이 되뇌었다. 바람에 흩날리는 낙엽처럼, 서로의 마음은 점점 멀어져만 갔다. 내가 지켜주지 못한 빈자리마다 시간은 조용히 상처를 키웠다. 엄마와 동생 사이, 그 침묵은 너무나 깊고 무거웠다. 수년 동안 끊어진 그 간극 속에서 나는 여전히 동생의 이름을 조용히 부른다. 만약 이 글이 닿는다면, 먼 길 끝에서라도 부디 내 손을 잡아주길, 조심스레 말을 걸어주길 바란다.

엄마는 말했다. 기억나지 않는다고. 하지만 기억의 조각들이 그리 쉽게 사라질 리 없었다. 우리는 마음속 깊이, '미안하다'라는 말 한마디가 입술에 맺히기를, 그리고 서로에게 닿기를 간절히 바랐다. 그러나 그 말은 언제나 무거운 침묵에 가려졌고, '용서'라는 단어는 너무 멀고도 아득했다. 용서란, 신만이 내릴 수 있는 무거운 선물처럼, 인간의 손으로는 쉽게 건질 수 없는 것이었다. 그래서 우리는 더는 그 말을 입에 올리지 않았다. 누가 누구를 감히 용서할 수 있겠는가. 용서받는다는 것조차 감히 상상할 수 없었다. 그저 서로의 아픔을 껴안고 살아갈 뿐이었다.

언니는 점점 희미해져 갔다. 암이라는 어둠이 그녀의 몸을 갉아 먹었고, 우울과 대인기피는 그녀를 침대에 가둔 채 사라져 갔다. 치매라는 시간의 손길이 천천히 다가와, 언니는 어느새 내 기억 속의 그 밝던 모습과는 다른 사람이 되었다. 그녀의 눈동자에 비친 빛은 점점 사라져 갔다. 이제 언니는 마치 내 늙은 딸처럼 느껴졌다. 삶의 껍데기가 무너져 내리는 그 자리에서, 나는 그녀를 품에 안고 조용히 눈물을 흘렸다. 언니가 나를 잊더라도, 나는 결코 그녀를 잊지 않을 것이다.

가족이라는 이름 아래, 얽히고설킨 상처와 그리움 속에서 나는 오늘도 그녀들의 안부를 묻는다. 언젠가 우리의 마음이 다시 닿아, 상처마저 부드러운 빛으로 감싸질 그날이 오기를.

그때야 비로소 우리는 서로를 다시 사랑할 수 있으리라 믿는다. 그리움과 미안함이 바람에 흩어져, 우리 모두를 조금은 더 자유롭고 따뜻하게 안아주기를.

   그러나 쉿, 제 기억은 이제 여기 없어요.

   안녕. 나의 모든 무늿결이여.

작품 해설

상처받은 기억의 풍경과 삶의 길 찾기

이도은

　김혜원의 소설은 삶의 현실을 충실히 반영하기보다는 삶과 현실의 팽팽한 긴장을 그려내는 서사 전략을 도모한다. 작가가 견딘 삶의 현실과 자아의 영혼이 벌여온 싸움을 반영한 것으로 보인다. 그 과정에서 삶의 해답을 제시하기보다는 삶에 관한 질문을 던진다. 삶의 속살까지 바라보는 작가의 인식은 심오하다. 이에 따라 설정되는 서사적 상황은 매우 도발적이고, 그것을 전달하는 언어는 비유적 섬광을 간헐적으로 뿜어낸다. 그래서 독자들은 작품을 읽는 동안, 줄곧 긴장감에 빠져 잠시나마 휴식을 취할 여유를 갖지 못한다.
　〈비망록 쓰는 여자〉에서는 죽음을 기리는 전통적 공간이 소멸한 이 시대에, 유일한 추모의 방식은 망자의 비망록을 써서 슈퍼컴퓨터인 추모관에 기록하여 보관하는 것이다. 이 업무를 담당하는 공무원 '영인'은 삶과 죽음이 단지 행정적 절차와 서류상의 업무일 뿐이라 믿는다.

그러나 터너 증후군을 앓는 '은아'와 그녀의 반려 고양이 '미미'의 등장은 영인의 냉담한 태도에 균열을 내기 시작한다. 은아는 삶을 '내세를 위한 서문'이라 인식하며, 황사로 얼룩진 세상 속에서도 체온과 온기를 간직한 채 살아간다. 영인은 처음에는 그녀를 거부하지만, 점차 은아의 말과 표정, 그리고 미미의 따스한 체온에 스며들면서 죽음과 삶에 대한 인식의 전환을 겪는다.

은아의 갑작스러운 죽음과 홀로 남은 미미를 품에 안는 순간, 영인은 처음으로 죽음을 단순한 일로서가 아니라 마음으로 마주하게 된다. 은아와 오래전 세상을 떠난 자기 동생의 비망록을 읽으며 봉인해 온 울음을 터뜨리는 장면은, 죽음에 대한 무감각을 깨뜨리는 정서적 계기를 의미한다.

과거의 미련과 아픔이 응축된 문장을 지우고 서해로 가는 영인의 모습은 황사로 뒤덮인 세상에서 생명과 해방, 확실한 삶의 감각을 새롭게 발견하는 여정으로 해석될 수 있다. 이 작품은 죽음과 삶의 의미를 재성찰하며, 황폐한 미래 속에서도 인간 존재의 온기를 간직하고자 하는 깊은 문학적 성찰을 보여준다.

〈주홍 길리아〉는 육체와 감각, 색채와 생의 은유가 다층적으로 얽혀 전개되는, 강렬하고도 처절한 서사다. 이야기의 중심에 선 여성 인물은 병든 아버지와 무속에 집착하는 어머니, 그리고 직장 동료와의 애정 사이를 유영하며, '구두'라는 욕망의 매개체를 통해 삶과 죽음, 결핍과 충족, 억압과 분출의 미묘한 경계를 끊임없이 넘나든다.

작품의 구조적 축은 크게 세 가지 요소로 압축할 수 있다.

첫째, 구두를 구매할 때 점원이 신겨주는 행위는 단순한 상업적 행위를 넘어선 촉각적 의식이다. 그것은 주인공의 내면 깊숙이 잠재된 성적 욕구이면서 존재론적 실체를 일깨우는 상징으로 기능한다. 구두를 신겨줄 때 솟구치는 생명력과 병원에서 마주하는 아버지의 육체적 쇠퇴를 대립적으로 병치시켜 삶과 죽음의 문제를 독자 앞에 던진다.

둘째, "뜯어 먹힐수록 번창하는" 꽃, 주홍 길리아는 곧 그녀 자신이자 그녀의 욕망을 상징한다. 상실과 고통이 오히려 번성의 조건으로 전환된다는 역설은 주홍빛 꽃잎과 씨앗, 그리고 포자의 이미지 반복을 통해 더 강조된다. 이는 단순한 자기방어를 넘어 삶을 견디게 하는 생리적·심리적 순환의 형상이다.

셋째, 번트 시엔나, 삭스 블루, 보색, 먼셀 기호 등으로 표현되는 색채 언어는 남자와 그녀의 관계에서 감정의 진폭을 계량하는 암호로 작용한다. 주홍(욕망)과 블루(정적·비애)의 만남이 보랏빛(불안)으로 변모하는 과정은 두 인물의 관계가 파국과 매혹 사이에서 균형을 잃지 않는 긴장 상태임을 예고한다.

문장의 호흡은 장면에 따라 길게 늘어지다가도 대화나 독백에서 갑작스레 끊겨 심리적 긴장감을 고조시킨다. 이미지들은 매우 세밀하고 때로는 잔혹할 정도로 육화되어 있다. 아버지의 '무덤' 같은 몸, 링거와 소변 줄, 보랏빛 멍과 검푸른 곰팡이와 같은 감각적 언어는 주홍 길리아의 꽃가루와 충돌하며 삶과 죽음의 이중적 질감을 동시에 환기한다.

결국, 이 작품은 죽음과 욕망이라는 두 축을 붙잡고 끝까지 살아내려는 한 여성의 삶에 대한 기록이다. 구두를 사는 행위, 남자와의 육체적 접촉, 주홍 길리아의 번식 과정은 모두 그녀가 생명체의 경쟁 속에서 "나는 아직 살아있다"라고 선언하는 방식으로 읽힌다.

〈사칼린민들레〉는 사라진 종의 하나인 사칼린민들레를 찾으려는 주인공의 여정과, 자신의 태생적 정체성 찾으려는 엄마의 삶을 상응시켜 서사를 전개한다. 두 축은 생명체, 즉 삶의 근원을 찾으려는 집착이라는 점에서 동질적 비유 관계에 놓인다. 베일을 조금씩 벗겨 내는 방식으로 서사는 전개된다. 이 작품은 혈통과 삶에 관한 깊은 질문을 던진다.

특히 엄마가 벽에 붙은 중국어 종이를 하나씩 떼어먹는 장면은, 사라져가는 정체성을 몸속에 새기려는 절박한 몸짓으로 그려진다. 그러나 이 행위는 딸에게는 이질적이고 불안한 이미지로 다가오며, 이는 선배와의 관계에서 느끼는 미묘한 긴장감과도 중첩된다. 이처럼 작품은 개인과 기억, 그리고 정체성의 불확실성이 서로 얽혀 복합적인 줄거리를 이룬다.

이 작품은 건조한 생태 보고서의 문장과 감정 서사의 진한 결이 맞물리며, 읽는 이를 강물처럼 느리지만, 깊은 흐름 속에 잠기게 한다. 결국 주인공과 엄마의 뿌리를 받아들이고 화해하길 바라는 조용한 기도다.

〈쉿, 기억은 여기 없어요〉는 그늘진 가정에서 희망의 작은 빛을 지키는 작품이다. 단순한 개인적 불행담을 넘어서는 함축적 의미를 지닌다. 가난과 가정불화, 교육권 박탈, 그리고 인간관계의 배신과 오해라는 복합적 현실 속에서도 문학과 몇몇 어른들의 지지 아래 꿋꿋이 버텨낸 한 소녀의 성장기이다. 주인공은 세상의 부조리와 잔혹함을 일찍 깨닫지만, 문학은 그에게 현실을 견디는 힘이자, 세계와 교감할 언어로 자리매김한다.

아버지의 죽음은 '아비 잡은 년'이라는 무거운 굴레로 그를 짓눌렀다. 냉혹한 사회는 그를 정죄하며, 슬픔조차 허락하지 않는 죄인의 그림자 속에 가두었다. 육체의 고통과 함께 얼어붙은 마음은 투명한 슬픔만을 삼켰고, 언니의 부재와 엄마의 냉정은 그를 길 잃은 마리오네트처럼 만들었다. 위안 없는 청춘을 견뎌낸 그 시간은 낯선 땅 오키나와의 붉은 대지와 도마뱀의 눈빛, 모기 연기 사이에서 사라져 가는 자신을 붙잡으려는 몸부림이기도 했다. 무겁고 매서운 삶의 무게 속에서도, 그는 결국 살아내었다.

이 글은 바람 속 먼지처럼 쌓인 기억과 아련한 그리움, 무거운 시간을 손끝으로 전하는 서사시로 읽힌다. 창경원의 홍학 날갯짓, 말러의 심포니가 흐르던 애플 다방의 고요함 뒤편에는 냄새와 굶주림, 감시와 폭력이 교차하며, 잔잔하지만 깊은 파장을 일으킨다. '조센징'이라는 한 마디에 싸늘해지는 심장은 무한 반복되는 고통 속 갇힌 영혼의 표상이다. 이처럼 작품은 상처 입은 기억이 시간을 넘어 여전히 그 길 위를 맴도는 풍경을 치열하게 포착한다.

언니는 점점 희미해져 갔다. 암이라는 어둠이 그녀의 몸을 갉아 먹었고, 우울과 대인기피는 그녀를 침대에 가둔 채 사라져 갔다. 치매라는 시간의 손길이 천천히 다가와, 언니는 어느새 내 기억 속의 그 밝던 모습과는 다른 사람이 되었다. 그녀의 눈동자에 비친 빛은 점점 사라져 갔다. 이제 언니는 마치 내 늙은 딸처럼 느껴졌다. 삶의 껍데기가 무너져 내리는 그 자리에서, 나는 그녀를 품에 안고 조용히 눈물을 흘렸다. 언니가 나를 잊더라도, 나는 결코 그녀를 잊지 않을 것이다.[1]

---

[1] 『쉿, 기억은 여기 없어요』, 208쪽 참조.

언니들과의 등불 같은 작은 연대가 희미하게나마 존재하는 가운데, 집으로 돌아와 마주하는 냉정한 언어들은 무언의 슬픔을 피워낸다. 이 글은 애수와 분노, 희망과 절망이 교차하는 복합적 감정의 긴 선율을 형성하며, 그 정서의 깊이는 무딘 독자마저도 눈을 감고 공명하지 않을 수 없게 만든다.

이 소설집은 한 인간 내면에 깊게 뿌리내린 상처와 기억, 그리고 그 상흔을 견뎌내는 몸짓들을 섬세히 포착한 서사다.

우선, 구조주의적 관점에서 이 회상은 '기억'과 '정체성'이라는 이분법적 기표들이 어떻게 중첩되며 서로를 생성하는지를 보여준다. '아비 잡은 년'이라는 사회적 낙인과 '조센징'이라는 타자화의 언어는 개인의 내면을 단단히 옭아매는 기호 체계로 작동한다. 이 기표들은 곧 작품 속 화자가 마주하는 세계의 언어이자 폭력이자, 그것이 그의 '진실'과 '격'을 갈라놓는 격차를 드러낸다.

이어, 정신분석 비평의 시선은 특히 트라우마와 슬픔의 심층 구조를 해명하는 데 유용하다. 죽음과 상실은 단순한 사건을 넘어 심리적 '분열'과 '망각'의 문제로 비화된다. 언니의 치매와 기억의 소멸은 화자의 내면에 존재하는 '슬픔의 상실'을 대변하며, '나'와 '타자' 사이의 경계가 흐릿해지는 지점에서 정체성의 붕괴와 재구성이 교차한다. 이때 문학은 그 붕괴를 일시적으로 지연시키고, 남겨진 '말해지지 않는 것들'의 울림을 표면화하는 치유의 공간으로 기능한다.

더불어, 페미니즘 비평은 이 글에 내재된 젠더와 권력의 문제를 조명한다. 가부장적 폭력과 사회적 배제 속에서 '여성'이라는 존재는 고통과 배신, 그리고 불온한 '타자화'의 자리로 밀려난다. 이 여성 화자의 문학적 실천은 단순한 생존을 넘어 '격'과 '진실함'을 획득하려는 저항의 몸짓이다. 언니들과의 '작은 연대'는 개인적 고통을 넘어 사회적 맥락에서의 여성 연대와 치유를 상징한다.

결국 이 회상은 기억과 언어, 그리고 상처받은 몸을 매개로 한 존재론적 고투로서, 그 안에서 문학은 '격'을 지키는 불빛이며 '진실'을 말하는 언어의 공간이다. 아픔의 무게가 짓누르는 현실 앞에서도, 화자는 절망과 애수 사이에 놓인 모순적 생명력을 포착하며, 한 인간의 존엄과 연대를 향한 미묘한 길을 찾아낸다.

이 작품은 개인적 트라우마와 사회적 배제가 교차하는 현장을 포착하며, 이를 바탕으로 여러 비평 이론을 유기적으로 엮어 읽을 수 있는 복합적인 서사이다.

작품에 드리운 '아비 잡은 년', '조센징' 같은 언어는 단순한 욕설이 아니라 사회적 낙인과 배제의 언어적 장치이다. 이 단어들이 발화되는 순간, 주인공은 사회적 '타자'가 되어 소외와 차별의 대상이 된다. 이는 언어가 사회 권력관계 속에서 개인을 어떻게 규정하고 억압하는지를 드러낸다. 즉, 언어는 주체 형성의 장이자 동시에 그 주체를 억압하는 장치로 기능한다.

언니의 치매와 기억 상실은 '망각'과 '상실'이라는 트라우마적 공간을 보여준다. 치매라는 시간의 손길은 화자의 기억 속 '자아'와 '타자'의 경계를 흐리게 하며, 정체성의 불안정을 상징한다. 동시에 작품 속 문학과 시는 억압된 무의식을 해방시키는 '상징적 질서'로 작용하여 상처를 드러내고 치유의 가능성을 모색한다.

이야기는 가부장적 사회구조 속에서 여성 주체가 겪는 억압과 상처를 드러내며, '작은 연대'로서 언니들과의 관계는 여성 간 상호 지지와 저항의 공간을 형성한다. 여성의 몸과 언어가 권력에 의해 규정되는 가운데, 문학을 통한 '격과 '진실'의 회복은 자기 존재의 복원과 해방의 과정으로 읽힌다.

비록 직접적으로 다루어지진 않지만, 작품 속 '기억'과 '시간'이 중첩되는 장면들은 자연의 순환과 소멸, 재생의 이미지와도 겹쳐진다. 치매로 잃어가는 기억은 자연의 '소멸' 과정과 닮아 있으며, 그 속에서 언니를 품는 행위는 자연에 관한 보살핌과도 유사한 연민과 연대를 상징한다.

화자와 언니의 기억이 뒤섞이고 언어가 부유하는 가운데,

정체성은 고정된 실체가 아닌 유동하는 '텍스트'로 나타난다. '나'와 '타자', '기억'과 '망각'의 경계가 허물어지면서 작품은 진실과 정체성 모두가 끊임없이 재구성되는 허구임을 시사한다.

    이렇듯 작품은 한 개인의 아픔과 사회적 억압, 언어와 기억, 정체성과 상실의 복합적인 층위를 다각도로 드러내며, 문학이 갖는 치유와 저항, 그리고 존재론적 성찰의 역할을 입체적으로 보여준다.

- 이도은 (소설가)

문암출판사 소설집

쉿, 기억은 여기 없어요
ⓒ김혜원 2025

1판 1쇄 2025. 9. 10. 발행

지은이 | 김혜원

펴낸곳 문암출판사 | 펴낸이 염성철

출판등록 | 제2021-000079호
주소 | 경기도 고양특례시 일산서구 산현로 92번길 42
출판부 | 031-911-1137
E-mail | bookrock53@naver.com
ISBN | 979-11-994283-0-0   03810

이 책의 저작권은 저자와 문암출판사에 있습니다.

> 이 책은 저작권법에 법에 따라 보호받는 저작물이므로 무단 전제와 복제를 금지하며, 이 책의 내용 전부 또는 일부를 사용하려면 반드시 저작권자의 서면동의를 받아야 합니다.

• 잘못된 책은 구입하신 곳에서 교환해 드립니다.